पूनम अरोड़ा

इतिहास, मास कम्युनिकेशन और हिन्दी में स्नातकोत्तर उपाधियाँ। इनकी दो कहानियों को हरियाणा साहित्य अकादमी का युवा लेखन पुरस्कार मिल चुका है। 2016 में एक अन्य कहानी 'नवम्बर की नीली रातें' भी पुरस्कृत है। पूनम ने कहानी, कविता को संगीत के साथ मिलाकर अपनी आवाज़ में कई रेडियो शो भी किए हैं। कविताओं, कहानियों और आलेखों का प्रकाशन देश की महत्त्वपूर्ण पत्रिकाओं में हो चुका है। कुछ कविताओं का अंग्रेज़ी, नेपाली और मराठी भाषाओं में अनुवाद हो चुका है। इनका एक कविता-संग्रह 'कामनाहीन पत्ता' प्रकाशित हो चुका है और एक कविता संग्रह 'बारिश के आने से पहले' का सम्पादन भी कर चुकी हैं। 'नीला आईना' इनका पहला उपन्यास है।

नीला आईना

पूनम अरोड़ा

प्रथम संस्करण: 2022

ISBN: 979-8-88883-957-7

मूल्य: ₹ 175/-

प्रकाशक: प्रतिबिम्ब, नोशन प्रेस का उपक्रम
संपर्क: नोशन प्रेस,
7, मांटिएथ रोड
एग्मोरे, चेन्नई, तमिलनाडु — 600008

Neela Aaina
Novel by Poonam Arora

'All that we see or seem
Is but a dream within a dream.'

– Edgar Allan Poe

बी और एस के लिए

चूमना

हमारे बीच दूरियाँ हैं।

कितनी दूरियाँ हैं हमारे बीच। नर्म उदासी में उसने अपने कपड़े बदले और बिस्तर पर पीठ के बल लेट गई।

लेटे हुए उसका एक पैर घुटने से थोड़ा उठा हुआ था जबकि दूसरा सीधा था। उसकी हथेलियाँ बिस्तर पर थीं और उँगलियाँ ऐसे तैर रही थीं, जैसे किसी ने उन्हें ऐसा करने का इशारा किया हो।

हमारे बीच कितनी दूरियाँ हैं। कई शहर, एक बोली और कई किलोमीटर लंबी अरावली पर्वत शृंखला है हम दोनों के बीच।

यह सोचते हुए वह नींद को ख़ुद में इस तरह समा देने जाना चाहती है, जिस तरह कुरतो ने पहली बार उसे शहर के बाहर के घने जंगल जैसे रास्ते में पागलों की तरह चूमा था। वह उसके होंठ ऐसे चूम रहा था, जैसे बेसुध होकर कोई गीत गा रहा हो। जैसे उस गीत में अंतरा आने पर वह चूमने की गति धीमी कर देता हो और फिर अचानक उत्तेजना में उस गति पर से अपना नियंत्रण खो देता हो। उन दोनों के शरीर और मन उस अकेले जंगल जैसे रास्ते में लगे पेड़ों के पीछे कुछ पाने के लिए एक-दूसरे को बुरी तरह टटोल रहे थे।

तुम पागल हो गए हो क्या कुरतो? छोड़ो मुझे! ऐसा मश्रा ने कहा तो लेकिन उसका यह अर्थ बिलकुल भी नहीं था। बल्कि वह ख़ुद ही उसे अपनी ओर खींचने लगी।

मश्रा ख़ुद को कुरतो के चूमने से बचाना नहीं चाहती थी बल्कि चाहती थी कि चूमने का यह मंज़र सदियों तक चलता रहे। उसकी आँखें बंद हो रही थीं लेकिन वह न तो हैरान थी, न ही यह चाहती थी कि कुरतो स्पर्श के इस एहसास से उसे बहुत देर तक बाहर आने दे।

मश्रा की मुलायम उँगलियाँ हवा की तरह हल्की हो गईं, उनमें कुरतो ने अपनी उँगलियाँ फँसा दीं। पेड़ों पर बैठी चिड़िया ऊँचे स्वर में बोलने लगीं। वह मश्रा की उँगलियों को मसलने लगा। धीरे-धीरे। ऐसे, जैसे अपने शरीर का कोई संकेत उसकी उँगलियों से उसके शरीर में भेज रहा हो। वे चिड़िया उन दो सिहरते शरीरों को बड़े ग़ौर से देख रही थीं। मश्रा और कुरतो के बीच हल्की-सी भी हरकत होने पर जंगल का सन्नाटा काँच की किरचों की तरह टूट रहा था।

मश्रा को कुरतो के होंठों से बहती नर्म सांस अब भी अपने चेहरे पर महसूस हो रही है। वह सोना चाहती है लेकिन नींद उसे ऐसे स्पर्श करती है, जैसे कुरतो का साथ एक मीठी और दूरी भरी सरसराहट बनकर उसके पूरे जिस्म पर कुछ लिख रहा हो। उसे लगता है उसका शरीर पानी का बना है और कुरतो के छूने से उसके पेट में लहरें उठती हैं। कुरतो उसके पेट को बतख़ कहता था। वे लहरें उसे भीतर तक उलझाए रहती हैं और उसके पेट में रहने वाली बतख़ रात भर उन लहरों में तैरती रहती है।

कुरतो दूसरे शहर में रहता है। उससे दूर। उन दूरियों को मश्रा ऐसे नापती है जैसे कोई पतंगबाज़ बड़े सधे इशारों में माँझा अपनी उँगलियों में लपेटता है। उसे एक धुन सुनाई देती है, बीते दिनों के साथ की। उन सुलझे हुए दिनों में वह उस सिरे को खोजने का यत्न कर रही है, जहाँ से गुज़रने के बाद वह अब की उलझन

को समझ पाए। बहुत देर तक वह उस दिन, पल और मौसम को याद करने की कोशिश करती है लेकिन नहीं खोज पाती उस एक खोए क्षण को, उस पल को, जब महसूसने का यह सारा खेल शुरू हुआ था।

उसे कुरतो की हँसी, दुलार, गालों को थपथपाकर कोई बात कहना, वह सब याद आ रहा है, जो उसके लिए उस वक़्त एक बड़ी साधारण बात थी। वह सोच रही है कि क्या सचमुच वे बातें साधारण थीं? एक पल के लिए उसे कोई ख़याल नहीं आता। उसका सोचना सुन्न पड़ जाता है। मौसम में नमी है और यह नमी उसकी याद में, भीतर कहीं गहरे में जम गई है।

रात को रोकर थक चुकी उसकी आँखों में उस प्रेम की अबोली सुगबुगाहट है, जो कुरतो ने उसे दी।

कुरतो की अपनी ही एक दुनिया है। वह बेहद ज़िद्दी और मनमौजी क़िस्म का युवक है। कहीं भी अचानक बिना किसी को बताए चला जाता है और अचानक ही लौट भी आता है। ऐसा उसने कई बार किया है। वह कई बार अनजान यात्राओं पर, अनजान शहरों, अनजान लोगों की भीड़ में ऐसे ही निकल पड़ता था।

मश्रा ने सुना था कि इन दिनों वह आईनों की किसी बहुत पुरानी दुकान पर काम करता है, जिसके बारे में लोग कहते हैं कि आईनों की वह दुकान बहुत डरावनी है। वहाँ से रात को अक्सर आवाज़ें आती हैं। आस-पड़ोस के लोगों ने इस बात की शिकायत शहर के मेयर से भी की थी लेकिन जाँच करने पर कोई भी आपत्तिजनक संकेत नहीं मिला, न ही कभी ऐसा कोई सबूत बरामद हुआ, जिसके आधार पर यह कहा जा सके कि आईनों की उस दुकान से किसी को कोई परेशानी हो सकती है।

उस रात कुरतो यही बताने के लिए मश्रा के पास आया था और मश्रा को उसने देर तक चूमा था। वह उसका चूमना कई दिनों तक याद रखती है। सोते हुए, जागते हुए, नहाते हुए और यहाँ तक कि पढ़ते हुए भी उसे कुरतो का चूमना ऐसे याद आता है, जैसे चूमना इस दुनिया की एकमात्र सत्य घटना हो।

कुरतो ने उस रात मश्रा के होंठों को बहुत देर तक देखा था। उन्हें अपने अंगूठे से सहलाया था। वे खुलते, बंद होते रहे। उसे लगता था, जैसे उसके होंठ हर समय कुछ कहने की ख़्वाहिश में आधे खुले रहते हैं। वह आधे खुले होंठों की बात सुनने के लिए उनके पास गया और एक झटके से जाने क्यों उसने मश्रा के सुंदर होंठों को अपने दाँतों से काट लिया।

आधी रात हो चुकी थी। उस रात की याद में मश्रा अब भी जाग रही थी। आसमान भी जागा था। वहाँ तारों ने एक झुंड बनाया और धीरे-धीरे वे तारे उसके पेट की ओर बढ़ने लगे, जहाँ वह बतख़ आधी नींद और आधी जाग में अपना शरीर ढीला छोड़कर सो रही थी।

आवाज़ें

आईने की दुकान के मालिक ने रात को ही कुरतो को दुकान की चाबी दे दी थी, यह कह कर कि कोई भी आईना तब तक न छूना और न ही साफ़ करना, जब तक वह ख़ुद दुकान पर न पहुँच जाए लेकिन कुरतो ने जैसे ही दुकान का शटर उठाया, तो एक हैरानी ने उसके कानों को धीरे-से गर्म कर दिया। उसे लगा जैसे उसकी आँखों को बहुत देर तक झपकने की चाह नहीं होनी चाहिए। आईनों का विशाल झुंड और उनकी थोड़ी भारी-सी उपस्थिति ने कुरतो के भीतर अजनबी हलचल पैदा कर दी।

वह दुकान के लंबे गलियारे में इतने आहिस्ता से एक-एक क़दम रख रहा था कि अगर उस फ़र्श के कान होते, तो वे भी कुरतो के क़दमों की आहट न सुन पाते। लेकिन कुरतो को इस बात का एहसास हो गया था कि यहाँ होने वाली अदृश्य हलचल के अर्थ हैं और उन्हें महसूस भी किया जा सकता है। कई बार ख़ामोशी ख़ुद ही एक आवाज़ बन कर हमसे टकरा जाती है। चाहे हमें कुछ दिखाई दे या न दे, अदृश्य शक्तियों की अपनी ही दुनिया होती है।

दुकान के दोनों तरफ़ करीने से लगे आईनों का आकर्षण उसे अपनी ओर चुंबक की तरह खींचने लगा। इस खींचतान से उसे घबराहट भी हो रही थी और आईनों में अपने प्रतिबिम्बों को देखकर उसे डर भी लग रहा था। उसे ऐसा महसूस हुआ, जैसे ये सब आईने बहुत हौले से आपस में बातें कर रहे हैं और अपनी-अपनी जगह खड़े हुए मुस्कुरा भी रहे हैं। उनकी सुरमई मुस्कान एक घेरा बना

रही थी। एक सभ्य और संतोष भरी मुस्कान का वह घेरा, जिसमें आमतौर पर मनुष्य अपना एक पैर भी नही बढ़ा सकता क्योंकि मनुष्यों के हृदय के लिए सभ्य और संतोष मुस्कान अब केवल चेहरे की एक मुद्रा बन चुकी है।

मालिक की कड़ी हिदायत के बावजूद कुरतो के भीतर आईनों की भीड़ में जाने की इच्छा का आकार बनने लगा। उसके हाथों में पसीने की नन्ही बूंदे उभरने लगीं। हल्के-से डर ने उसके दिल में दस्तक दी कि अगर वह इन आईनों के गलियारे में से होकर दुकान के आख़िरी हिस्से में जाने की कोशिश करेगा, तो ये आईने उसे कोई शाप न दे दें। लेकिन गलियारा पार करने की उसकी इच्छा में जो भय था, धीरे-धीरे वह एक आकर्षण में बदलने लगा।

कुरतो को अपने अंदर जन्मे भय के आकर्षण की इस छोटी-सी काली मछली को पकड़ने की चाह होने लगी और उसने फ़ैसला लिया कि वह इन आईनों के पास जाएगा, उन्हें छुएगा और उनमें अपना प्रतिबिम्ब भी ग़ौर से देखेगा।

वह काले रंग की और घुटनों से घिसी जीन्स पहने हुए था। उसमें से निकलते धागे किसी मकड़ी के जाले की तरह उसपर कब्ज़ा किए हुए थे। कुछ गहरे हरे काई जैसे रंग की कमीज़ और मोटे कपड़े का जैकेट पहने वह दुबला-पतला नौजवान संकोच और विस्मय में था। संकोच इस बात का कि दीवार से लगे आईनानुमा चेहरे अफ़्रीम के नशे में डूबे-से उसे अपनी अदृश्य हँसी से भिगो रहे थे और विस्मय इसलिए कि जैसे-जैसे वह आईनों की दुकान में क़दम बढ़ाता जा रहा था, वैसे-वैसे उसका बिखरा हुआ जीवन एक स्वप्न और नींद की मानिंद उसे अपने शरीर से बाहर निकलता हुआ महसूस होने लगा।

उसे ख़ुद में एक हल्कापन-सा लगने लगा। रुई जैसा हल्कापन, जैसे बीते जीवन का अब कोई बोझ नहीं है उसके शरीर पर। और उसपर उसके छोटे-से जीवन की छोटी-छोटी कामनाएं, जिनकी वह किसी को हवा भी नहीं लगने देता था। वे जाने कैसे उसके सामने आकर तैरने लगीं। सतह से उठा हुआ उसी का जीवन उसके साथ चल रहा था। यह वह जीवन था, जो उसके भीतर के अँधेरों में पल रहा था। जहाँ उसकी कामनाएं साँस लेने के लिए ज़रूरी अनुष्ठान पूरा करती थीं।

उन कामनाओं के बारे में केवल मश्रा ही जानती थी और उन्हें प्रेम भी करती थी। वह एक ऐसी प्रेमिका थी, जो अपने प्रेमी के गहरे अँधेरे पक्षों को न सिर्फ़ देख पाती थी बल्कि उन्हें सह जाने की हिम्मत भी रखती थी और उन्हें बाँहें फैलाए पुकारती भी थी।

पुकार!

कितने कमसिन अर्थ होते हैं दो प्रेमियों के बीच पुकार के। एक धड़कते दिल की पुकार का दूसरे के हृदय तक का सफ़र। कच्ची उम्र में प्रेम कई सिलवटों में मन और देह के साथ एक नाजुक खेल खेलता है और प्रेम में डूबे लोग इसी में डूबे रहना चाहते हैं।

कुरतो के पास मश्रा के लिए ढेरों क़िस्से-कहानियाँ होते थे। जंगल के जानवरों के प्रजनन के क़िस्से, आदिवासियों के वर-वधू चुनने के क़िस्से और तमाम भटकन भरी उसकी यात्राओं में मिली स्त्रियों के साथ उसकी अठखेलियों के क़िस्से। मश्रा इन सब क़िस्सों से बहुत कुढ़ती थी।

वह थोड़ी गुस्सैल लेकिन बहुत सुंदर आँखों वाली लड़की है। उसके पिता लोहे को पीटने और उसे आग में पिघलाने का काम करते हैं। उनकी अपनी छोटी फ़ैक्ट्रीनुमा एक जगह थी, जहाँ वह अपना

यह काम बहुत मेहनत से करते थे। लोग मश्रा के बारे में कहते हैं कि जब से उसका जन्म हुआ तब से वह आग को देखती आ रही है और इसलिए उसकी आँखों में आग की परछाईं हमेशा दिखाई देती है।

आग की इस परछाईं को कुरतो ने भी देखा था। वह मश्रा से अक्सर कहता था, "तुम किसी जादुई से कम थोड़े ही हो मश्रा।" कुरतो से जादुई वाली बात वह कई बार सुन चुकी थी और यह बात अब उसे इस कदर नीरस लगने लगी थी कि वह हर बार उसकी इस बात को अनसुना कर देती थी।

अचानक कहीं भी निकल पड़ने की अपनी आदत के चलते एक बार एक सर्द रात में कुरतो अपनी राह भटक गया था। वह कई महीनों तक रास्तों की धूप-छाँव, बारिश और ठंड के मौसम में अकेला फिरता रहा। उसे सर्द रातों से एक तरह की चिढ़ होती थी। उसने कई बार यह महसूस किया था कि सर्दी के मौसम की रातें किसी रहस्य से भरी होती हैं। ठंडी रातों का सन्नाटा उसे अपने में निगलता था। वह बहुत डरता था, ओस और कोहरे वाले मौसम से।

अपनी माँ की याद भी उसे इसी मौसम में सबसे ज़्यादा आती थी, धुंधली-सी याद। उसने चार साल की उम्र में अपनी माँ को खो दिया था। उसने अपनी माँ की मृत्यु से जुड़ी कई बातें सुनी थीं लेकिन उसे आज तक भी ठीक से यह मालूम नहीं पड़ा कि जिन कारणों को उसकी माँ के मरने की वजह बताया जाता है, वे सच हैं भी या नहीं।

जब कुरतो थोड़ा बड़ा हो रहा था और यह जानने-समझने लगा कि इंसान एक झुण्डनुमा परिवार में रहता है, जैसे उसके घर के पास के पॉल्ट्री फ़ार्म में झुण्ड में मुर्गे-मुर्गियाँ रहते हैं और बाड़े में भेड़-

बकरियाँ। उस समय उसे अपने पिता से पता चला कि उसकी माँ को कोई अज्ञात रोग था और कुरतो के जन्म के बाद वह धीरे-धीरे सबको भूलने लगी थी। यहाँ तक कि उसने रोज़मर्रा की ज़रूरी बातचीत भी बंद कर दी थी।

उसने कई नीम-हकीमों से अज्ञात रोगों के बारे में जानने की कोशिश की थी और जानकारी के अनुसार उन रोगों की एक लंबी लिस्ट बना ली थी। वह ख़ुद से अंदाज़ा लगाने की कोशिश किया करता था कि आख़िर किस अज्ञात रोग की वजह से उसकी माँ की जान चली गई होगी।

अपने बिखरे जीवन में वह बार-बार एक आवाज़ सुनता था लेकिन कभी उस आवाज़ को पहचान नहीं पाया।

कुछ आवाज़ें ऐसी भी होती हैं, जो हमारे साथ सोती भी हैं और जागती भी हैं। कुरतो जब रास्तों पर भटक-भटक कर थक जाता था, तो उसी आवाज़ की पीठ पर टेक लगाकर कुछ देर सुस्ता लेता था कि आवाज़ें कितनी ईमानदारी से अपना साथ दे देती हैं।

बिल्ली

उन दिनों छतों पर सोने का रिवाज था। मश्रा की परदादी उसे कहा करती थी कि खुले आसमान के नीचे सोने से परिवार के पुरखे ख़ुश होते हैं और आशीर्वाद में वे कल्पनाएं बनाने की कला देते हैं, जो जीवन के लिए बहुत उपयोगी होती हैं। बस, फिर क्या था! मश्रा ने कल्पनाएं बनाने के गुर को ऐसे अपनाया कि वह शरारत में कुरतो से कहने लगी कि उसके पास एक बिल्ली है, जो उसकी टाँगों के ठीक बीच में छुपी रहती है। वह वहाँ से कभी नहीं निकलती। यह सुनकर कुरतो बेचैन हो उठा। बिल्ली, वह भी मश्रा की टाँगों के बीच!

उसे लगा मश्रा को उसकी माँ की तरह किसी अज्ञात रोग ने दबोच लिया है, जिसकी ख़बर मश्रा को भी नहीं।

> – और अगर उसे देखना हो, तो कैसे दिखेगी वह बिल्ली? कुरतो ने मश्रा से पूछा, तो मश्रा ने अपने पहने हुए कपड़ों को टाँगों के ठीक बीच उसी जगह खोंस दिया, जहाँ उसने अपनी काल्पनिक बिल्ली को छुपाया हुआ था।

अब हर रोज़ कुरतो इसी पशोपेश में मश्रा के आगे-पीछे घूमता रहता कि ज़रूर कोई रोग लग गया है मश्रा को। किसी भी तरह से वह एक बार उस बिल्ली को देख लेना चाहता था, जिसे मश्रा प्यार से सहलाती रहती है, उसे कुरतो से छिपाती है।

– ये बिल्ली दूध कैसे पीती है?

– जैसे सभी बिल्लियाँ पीती हैं।

– क्या मैं इस बिल्ली की पूँछ देख सकता हूँ मश्रा?

– नहीं!

– तो मूँछ ही देखने दो।

– नहीं।

– अगर कभी इस बिल्ली ने गुस्से में तुम्हें काट लिया तो?

– यह मेरी, सिर्फ़ मेरी बिल्ली है। यह मेरे शरीर का ही अंग
है। यह मुझे कभी नहीं काटेगी। चलो, जाओ यहाँ से।
अब बिल्ली को नींद आई है।

और लहराती हुई मश्रा अपने कमरे की तरफ़ बढ़ गई। उसने सारी
खिड़कियाँ बंद कर दीं और सोने का अभिनय करने लगी। अभिनय
करते हुए उसने दो-चार बार करवटें बदलीं और उसी अभिनय में
वह सच में सो गई। उसने सिर्फ़ खिड़कियों को बंद किया था, कमरे
के दरवाज़े को नहीं।

कुरतो सब समझ चुका था।

दोपहर के समय मश्रा के घर पर कोई नहीं होता। केवल उसकी
माँ होती है, जो दिन भर के घरेलू काम-काज से थककर इस समय
आराम करने के लिए ऊपर की मंज़िल पर बने अपने कमरे में
चली जाती है। कुरतो का मश्रा के घर आना-जाना उनके लिए एक
साधारण बात थी। वे कहीं न कहीं यह बात समझते थे कि मश्रा और
कुरतो में दोस्ती से ज़्यादा कुछ है, जो आगे किसी आत्मीय संबंध में
बदल सकती है। इसीलिए वे उन्हें आज़माइश, इंतज़ार और छोटे-
छोटे झगड़ों के साथ अकेला छोड़ देते थे।

कुरतो बहुत देर तक मश्रा के कमरे के बाहर चुपचाप बैठा रहा।
मश्रा पूरी तरह नींद में खो चुकी थी। वह सोचने लगा कि दोपहर

की नींद में मश्रा को कोई सपना आता होगा या नहीं। आता भी होगा, तो कैसा होता होगा। सोच के पार जाते-जाते कुरतो को बार-बार अपनी माँ की याद आ रही थी। याद से उसे और भी कई बातें याद आ रही थीं लेकिन हर याद घूम-फिरकर मश्रा तक आ जाती थी।

जहाँ कुरतो बैठा था, वहाँ दीवार के सहारे बिग्रोनिया के संतरी फूलों वाली बेल उसके घर की बालकनी तक जा रही थी। उस बेल के फूलों भरे गुच्छे नीचे की तरफ़ लटक रहे थे। दोपहर की पीली धूप में संतरी फूलों के गुच्छे बहुत गहरे रंग के दिखाई दे रहे थे जैसे धूप ने उन्हें अपना रंग और मादकता दे दी हो।

उसने फिर से मश्रा की ओर देखा। उसने अब करवट बदलना बंद कर दिया था। यानी वह पूरी तरह गहरी नींद में सो चुकी थी। कुरतो उसे दूर से देखता रहा। उसने धीरे-से बेल की एक मोटी टहनी से फूलों का घना-सा गुच्छा तोड़ा और चुपचाप उसी जगह आकर बैठ गया, जहाँ वह बहुत देर से बैठा हुआ था।

उसे फिर से बिल्ली का ख़याल आया। वह अपनी माँ के अज्ञात रोग को याद कर फिर से डर गया। उसने देखा मश्रा ने नीले रंग की लंबी घेरदार पोशाक पहनी हुई है, जिसके योग में सुनहरी गोटे की पत्तियाँ हैं, जिन्हें हाथ से बनाया गया है। मश्रा की माँ इस काम में निपुण थी और मश्रा को भी उन्होंने इस कशीदाकारी की कक्षाएँ देनी शुरू कर दी थीं।

उसने आँखें गड़ाकर मश्रा का मुआयना किया। उसकी त्वचा का रंग, उसकी उँगलियाँ, नाख़ून, बाल, थोड़े-से दिखाई दे रहे पैर, उसके कपड़े और टाँगों के बीच की वह जगह, जहाँ मश्रा की बिल्ली सो रही थी।

बिग्नोनिया के फूल हाथों में लिए वह धीरे-धीरे मश्रा की तरफ़ बढ़ रहा था। उसे उस बिल्ली से ख़ौफ़ हो रहा था लेकिन वह बिल्ली को हर हाल में देखना चाहता था। वह मश्रा के पैरों की तरफ़ खड़ा हो गया। मश्रा पीठ के बल सो रही थी, बिलकुल सीधी। कुरतो ने मश्रा की नीली पोशाक को डरते हुए थोड़ा ऊपर किया। मश्रा बिलकुल नहीं हिली। कुरतो ने पोशाक को घुटनों से भी ऊपर उठा दिया। उसे मश्रा के घुटने, फिर जाँघें नज़र आईं। बिल्ली का अब भी कोई सुराग़ नहीं मिला।

आख़िरकार कुरतो ने मश्रा की पोशाक को उसके पेट तक उठा दिया, जहाँ उसकी बतख़ रहा करती थी और वह कुरतो के स्पर्श से तैरने लगी। कुरतो ने मश्रा की बिल्ली को छुआ। वह नरमाई के साथ सकुचाई। उसने उस बिल्ली के ऊपर बिग्नोनिया का फूल रख दिया और उसे चूम लिया। जब वह मश्रा की बिल्ली को चूमकर उठा, तो उसने देखा कि मश्रा उसकी आँखों में देख रही है और उसकी आँखें किसी गहराई में डूबी हुई हैं।

कामुक स्त्री की कथा

कुरतो की माँ की एक मुँहबोली बहन थी, जो पास के ही शहर में रुई भरे गुड्डे-गुड़िया बनाकर बेचा करती थी। उसके बनाए रुई के खिलौने होते तो बहुत सुंदर थे लेकिन उन खिलौनों के साथ अक्सर एक ग़लती वह कर दिया करती थी। वह खिलौनों की आँखों में एक उचित दूरी का अनुमान कभी नहीं लगा पाती थी।

इस तरह उसके बनाए खिलौने कभी थोड़े डरावने लगते, तो कभी कोई खिलौना हँसी का पात्र बन जाता। इन गुड्डे-गुड़ियों को या तो नट लोग ख़रीदते और अपने नृत्यों में उन्हें एक मख़ौल की तरह इस्तेमाल करते या फिर गलियों में घूम-घूमकर जादुई का खेल दिखाने वाले जादूगर उन्हें ख़रीदा करते।

वे जादूगर उन खिलौनों के साथ थोड़ी बहुत और छेड़खानी करते, जैसे उन्हें कबूतरों के पँखों की टोपी पहना देते या फिर देवानंद की तरह गले में सिल्क का रुमाल बाँध देते और उन्हें सस्ते जादुई के खेलों का ज़रूरी हिस्सा बना लेते। यह उनके जादुई के खेल में लोगों की अतिरिक्त दिलचस्पी पैदा कर देता था।

कुरतो की माँ की उसी मुँहबोली बहन ने कुरतो की देखभाल कर उसे थोड़ा बड़ा किया था। कुरतो के पिता इसे उस स्त्री का किया परोपकार मानते थे और शायद इसी परोपकार के कारण ही कुरतो के पिता ने उसके सामने विवाह का प्रस्ताव रख दिया, जिसे उस कोमल हृदय और कमनीय देह वाली स्त्री ने स्वीकार कर लिया था।

शुरू में देखने पर सब कुछ ठीक लग रहा था। जैसा लगना भी चाहिए था क्योंकि ठीक लगने के लिए ही 'ठीक' दिखना बहुत ज़रूरी था कि दिखावा दुनिया में झूठ को सच साबित करने का एक प्रामाणिक हथियार है।

कुरतो के पिता से विवाह हो जाने के बाद वह कुरतो को उस पहले जैसे स्नेहिल भाव से नहीं पालती थी। कुरतो के प्रति उसके बरताव में बदलाव साफ़ दिखाई देने लगा था लेकिन उसके बदले हुए व्यवहार के पीछे एक और वजह थी। वह वजह थी कुरतो के पिता का बहुत जल्दी उस सुंदर और कमनीय स्त्री से मन की दूरी बना लेना।

ख़ूबसूरती के बारे में अक्सर यह बात सुनने में आती है कि यह कभी-कभी इस कदर भी दूसरों पर हावी होने लगती है कि सामने वाला उसे बिना किसी स्पष्ट कारण भी नष्ट करने की कोशिश करने लगता है।

कहते-सुनते बातें हवा के पंख लगाकर कुरतो तक भी आ गई थीं और आस-पास रहने वाले लोगों के क़रीब भी पहुँच गई थीं।

कुरतो ने सुना कि उसके पिता अब किसी फ़ैक्ट्री में काम करने वाली एक कामुक स्त्री से बार-बार मिलने जाते हैं। यह सिर्फ़ सुनी-सुनाई बात होती, तो भी वह कमनीय स्त्री (कुरतो की परोपकारी माँ) किसी तरह बर्दाश्त कर लेती लेकिन कुरतो की परोपकारी माँ द्वारा भेजे गए उसके क़रीबी रिश्तेदारों ने कुरतो के पिता को उस फ़ैक्ट्री के बाहर इंतज़ार करते देखा था, जहाँ वह कामुक स्त्री काम करती थी।

उन लोगों ने आकर बताया कि वह कामुक स्त्री वाक़ई एक ज़बरदस्त कलाकार है। वह खुलकर हँसती है लेकिन अपनी हथेली

से मुँह ढक लेती है। उसके बाल लंबे हैं और अपनी ढीली गुँथी हुई चोटी को वह सीने पर साँप की तरह लटकाए रहती है। वह सूती साड़ी पहनती है लेकिन पैरों में हाई हील नहीं बल्कि स्नीकर्स पहनती है। उन लोगों ने यह भी बताया कि कुरतो के पिता सरेआम किसी बात पर खिलखिला कर हँसते हुए उसके भरे और उभरे हुए नितंबों पर चपत लगा रहे थे। इस हरकत पर वह कामुक स्त्री मंद-मंद मीठी-सी मुस्कान बिखेरने लगी।

इस तरह उन्होंने जासूसी की एक लंबी कथा कुरतो की परोपकारी माँ को सुनाई। यह सब सुनते हुए वह हर बताई गई बात का दृश्य अपने मन में बना रही थी।

उस रात बहुत बारिश हुई। खाना वग़ैरह बनाने के बाद उसने रसोई साफ़ की और वहीं स्लैब पर मिट्टी के तीन दीयों में बादाम का शुद्ध तेल डाला और पतली-पतली बातियों को उसमें लगाकर उन तीनों दीयों को जलाया। उन तीन जलते हुए दीयों के ठीक ऊपर मिट्टी का बड़ा-सा परात रखा। यह क्रिया लगभग डेढ़ घंटे तक चली और उसने उस परात पर जमा हुआ सारा काजल खुरच लिया। उसमें बादाम का तेल मिलाकर उसने उसे एक छोटी-सी डिबिया में भर लिया और अपनी आँखों में वही ख़ूब गहरा काजल लगाकर शांति से अपने बिस्तर पर सो गई।

आधी रात को कुरतो के पिता ने घर के बाहर लगी घंटी बजाई। यह वही घंटी थी, जो बैलों और सांडों के गले मे बाँधी जाती है। इस घंटी को वह कर्नाटक के श्रीकांतेश्वरा मंदिर के बाहर लगी पीतल की घंटियों की दुकान से लाए थे। उन्होंने इस घंटी को अपने घर के दरवाज़े पर इसलिए लगाया था ताकि वह उस प्रसिद्ध मंदिर में पूरी हुई अपनी एक मनोकामना को हमेशा याद रख सकें और उस मंदिर के लिए सदा आस्थावान बने रहें।

घंटी की आवाज़ से कुरतो की परोपकारी माँ जाग गई और ख़ूब गहरे काजल से भरी आँखों को फैलाकर (डराने के लिए जितना उन्हें फैलाया जा सकता था) वह दरवाज़े की ओर बढ़ गई और बड़े धीरे-से उसने दरवाज़ा खोल दिया।

— यह तुम्हारी आँखों को क्या हुआ?

वह नाक फुलाती हुई मुँह फेरकर कमरे की तरफ़ बढ़ गई।

— कोई जादुई-टोना किया है क्या तुमने? पगला तो नहीं गई हो तुम?
— क्या कोई मर्द आधी रात बिना काम के बाहर भटकता है?
— रात अपनी है, दिन भी अपने। किसी से पूछ कर थोड़े न आएंगे-जाएंगे। तुमने यह बोरी भर काजल क्यों थोप रखा है अपनी आँखों में?
— अपनी आँखें हैं और अपना काजल। किसी को बताकर थोड़े ही न सिंगार करेंगे।
— सिंगार? यह सिंगार है या भूतहा बवाल है?

कुरतो की परोपकारी माँ आपे से बाहर हो गई। दरअसल वह अपने पति और उस कामुक स्त्री की कथा सुनकर पहले ही अपने दिमाग़ का संतुलन खो चुकी थी। वह बस अपने पति के घर आने का इंतज़ार कर रही थी लेकिन उसे समझ नहीं आ रहा था कि वह किस तरह अपनी यातना उसे दिखाए। वह दौड़ते हुए घर के दरवाज़े पर गई और अपने पति द्वारा कर्नाटक के श्रीकांतेश्वरा मंदिर से लाई गई घंटी को ताबड़तोड़ बजाने लगी।

संत वैलेंटाइन

आईनों की इस पुरानी दुकान में आने से पहले कुरतो एक अख़बार के दफ़्तर में रात की पाली में नौकरी किया करता था। उस दफ़्तर के कुछ मुँहफट कर्मचारियों ने कुरतो का कुछ बातों के लिए बेवजह मज़ाक बनाया हुआ था। वे कुछ बातें बहुत मामूली थीं, जैसे कुरतो का दोनों पैरों में अलग-अलग जुराबें पहनना, बिना जली सिगरेट को हाथ में लेकर ऐसे बात करना, जैसे उसके होंठों से धुआँ निकल रहा हो, अपनी दोनों हथेलियों को तब तक रगड़ते रहना जब तक वे गर्म न हो जाएं, फिर उनपर सिक्का चिपकाना और संत वैलेंटाइन की गुदी तस्वीर वाला लकड़ी का गिलास हर समय अपने साथ रखना।

यह सब कुछ ऐसा था, जो कुरतो को रोज़मर्रा के नीरस और थकाऊ दिन की बोरियत से थोड़ा निजात दिलाता लेकिन दुनिया एक तयशुदा सूत्र पर चलती है और अपने बारे में कोई राय न बनाने की सलाह देने वाले भद्र लोग ही सबसे ज़्यादा दूसरों को अपनी राय और नियमों में बाँधते हैं।

जुराबें, बिना जली सिगरेट, हथेली पर सिक्का चिपकाना वग़ैरह, यह सब उसके लिए अपनी बोरियत दूर करने के तरीक़े थे लेकिन संत वैलेंटाइन की गुदी तस्वीर वाला लकड़ी का गिलास उसे मश्रा ने दिया था। यह गिलास वह ईसाई समुदाय के एक सांस्कृतिक भोज और जुलूस से लेकर आई थी। उस जुलूस में सबसे आगे लकड़ी के पहियों वाली गाड़ी पर पादरी एक हाथ में यह गिलास

लिए खड़ा था और दूसरे में बाइबल। मश्रा की नज़र इस गिलास से हट ही नहीं पा रही थी। उसने देखा कि पादरी इसी गिलास में से पवित्र जल की कुछ बूंदें सभी को दे रहा है। वह जुलूस में उस लकड़ी के पहियों वाली गाड़ी के पीछे-पीछे दूर तक चलती गई थी लेकिन यह गिलास उसने किस तरह पाया, वह एक लंबी कहानी है।

इस दफ़्तर में कुरतो अपना मन बहलाने और सिर्फ़ अपने काम पर ध्यान देने की बहुत कोशिश किया करता लेकिन उन चंद रूढ़िबद्ध लोगों के कारण और दफ़्तर में रात भर जागने की वजह से वह मानसिक तौर पर थका-सा रहने लगा। इस थकान ने उसे लगातार रहने वाले बुखार में जकड़ लिया था।

आख़िरकार जगाने वाली वह नौकरी छोड़कर उसने आईनों की इस दुकान पर काम करने का मन बनाया। कई दिनों से वह इस दुकान में काम करने के लिए अख़बार में आए इश्तेहार का पुर्जा अपने पास संभालकर रखे हुए था।

उसने सुना था कि इस दुकान का मालिक बड़े दिलवाला है और ज़रूरत पड़ने पर सर्दियों में लंबी छुट्टियाँ भी दे देता है। हालाँकि उसने इस दुकान के संदिग्ध होने की बात भी सुनी थी लेकिन अपनी प्रेस की नौकरी की तुलना में उसे यहाँ काम करना ज़्यादा आसान लग रहा था। उस दुकान में काम बस इतना था कि किसी भी आईने पर धूल का एक मामूली कण भी नहीं होना चाहिए, फिर चाहे वह आईना नया हो या पुराना। इसी के साथ उसके लिए इस दुकान में काम करने के लिए कुछ हिदायतें भी थीं। और कुरतो के लिए एक ख़ास हिदायत यह थी कि कोई भी आईना टूटना नहीं चाहिए और उनकी जगह में भी कभी कोई फेरबदल नहीं होनी चाहिए।

अपनी नौकरी की जिस पहली सुबह उसने दुकान में क़दम रखा, तो उसने पाया कि वहाँ हर तरफ़ आईने हैं। उसने सोचा तो नहीं था कि उसे कोई हैरानी होगी क्योंकि वह तो इस बात से वाक़िफ़ ही था कि यह आईनों की एक दुकान है। लेकिन सोचने और देखने में एक बड़ा फ़र्क़ यह होता है कि सोचा गया देखने पर रोंगटे खड़े कर देने जितने एहसास से शरीर में कंपन भी पैदा कर देता है। कुरतो इसी कंपन को महसूस करते हुए आईनों की जादुई और गुनगुनी धूप भरी दुकान में चुपचाप खड़ा था।

उसे लगा यह दुकान आईनों की एक लंबी और कभी ख़त्म नहीं होने वाली गुफ़ा है। उसने दुकान में लगा शीशम की लकड़ी से बना जाली का दरवाज़ा अन्दर से बंद किया और वहीं रखी बेंत की कुर्सी पर अपना पुराना और उधड़ा हुआ बैग रखकर हर आईने में अपना प्रतिबिम्ब देखने की इच्छा से दुकान के गलियारे में जाने के बारे में सोचने लगा।

अख़बार के दफ़्तर की थकान से मिले बुख़ार की वजह से उसकी आँखों में लाल, जाले जैसे रेशे तैर रहे थे और कुछ मौसम का असर भी था, जो उसकी आँखों में ही नहीं बल्कि पूरे शरीर की थकान में साफ़ नज़र आ रहा था।

यह सर्दी की हल्की आहट वाला मौसम था। दुकान गली के जिस कोने में थी, वहाँ सुबह सूरज की रोशनी दुकान की दीवारों पर पड़ रही थी। कुरतो उस नरम ताप में आँखे बंदकर ख़ुद को भिगोने लगा। वह बहुत देर तक उसी जगह खड़ा रहा।

बहुत देर बाद जब उसने आँखें खोलीं, तो देखा कि दुकान के सभी आईनों पर धूप धीमी दस्तक के साथ लिपटती जा रही है। हर आईना जैसे लम्बी नींद के बाद जाग गया है। आईनों की दुकान

अपनी अप्रत्याशित ख़ामोशी और स्थिर रह पाने की कला से जैसे कुरतो का परिचय करा रही हो। उसे महसूस हुआ कि जिन दिनों उसकी ज़िंदगी अपने सबसे ज़्यादा पागलपन में थी, तब उसे ठीक से प्रेम का निबाह भी नहीं आ सका। कुरतो के लिए उसके जीवन के किसी भी हिस्से का समय सच में उसका अपना कहा जा सकने वाला समय कभी नहीं रहा।

हर समय ऊन के गोलों से भरी टोकरी अपने साथ लिए और सिलाइयाँ चलाती हुई मश्रा, जिसे अपनी प्रेमिका कहने में कुरतो को ख़ासी मशक्कत करनी पड़ती थी, उसपर जान देती थी और पूरे एक मौसम से कुरतो के लिए ऊनी जैकेट, टोपी और मफ़लर बनाने में शिद्दत से लगी हुई थी लेकिन मश्रा की शिद्दत से कुरतो के सर्द हृदय में बर्फ़ के फूल पूरी तरह से कभी नहीं पिघले। आईनों की दुकान का रहस्यमयी दृश्य उसके दिमाग़ को सुन्न बना रहा था और वहीं मश्रा की याद में खोया उसका दिल मश्रा के बात करने और देखने के भोलेपन को, अकेले में भी कभी सहन नहीं कर सका।

वह बार-बार कुरतो से एक बात पूछती थी।

— कुरतो, क्या संत वैलेंटाइन को सच में एक उत्तेजक भीड़ ने मारा था?

सफ़ेद पर्दा और जुलूस

वह रोज़ से कहीं ज़्यादा खिली धूप वाला दिन था। उस दिन मश्रा ने घर के सारे पर्दों को धोने का मन बनाया और धूप किसी और दिशा में न बढ़ जाए, इससे पहले ही उसने लकड़ी की सीढ़ी पर चढ़कर सारे पर्दों को उतारना शुरू कर दिया। ये सारे पर्दे सफ़ेद रंग के थे, जिनके किनारों पर झालर बनी हुई थी।

ऐसा करते हुए उसे शरारत सूझ गई। उसने मन ही मन सोचा कि क्या होगा अगर कोई चोर कभी उनके घर घुस आया और वह कहीं दौड़कर चोरों से बचना चाहे लेकिन न बच पाए। फिर उसने सोचा कि अगर वह अपनी बालकनी से कूदकर चोरों से बचकर भागना चाहेगी, तो अपनी जान से हाथ धो बैठेगी। ऐसे में उसे यह शरारत सूझी कि उसने बालकनी से पर्दा लटकाकर उनके सहारे नीचे उतरने के बारे में अपना विचार बनाया और इसके लिए वह उत्तेजना से भर गई।

वह हमेशा घेरदार लंबी पोशाकें पहनना पसंद करती लेकिन आज उसे डर लगा कि कहीं नीचे उतरने के इस साहसिक, जोख़िम भरे लेकिन बेवकूफ़ाना काम के बीच में उसकी लंबी पोशाक पर्दों में उलझकर कोई दूसरा ही बखेड़ा न खड़ा कर दे इसलिए उसने अपनी पोशाक को ऊंचा कर उसमें कसकर एक गाँठ लगा दी और दाएँ-बाएँ देखकर ख़ुद ही ख़ुद में शर्माती हुई, अपने होंठ काटती हुई, पर्दे को पकड़कर बालकनी से नीचे झूलने के मदमस्त एहसास से भर गई।

उसने सुंदर, झालर वाले सफ़ेद पर्दे का एक सिरा बालकनी से बाँधा और दूसरा सिरा नीचे लहरा दिया। पर्दा नीचे ऐसे गिरा जैसे नाटक ख़त्म होने पर रंगमंच का पर्दा नीचे गिर जाता है। पर्दे के गिरने के साथ ही एक संगीतमय सुर हवा में हल्का-सा उछला और ग़ायब हो गया।

–   आह! क्या नज़ारा है!

पर्दे से लटकते हुए उसकी आँखें गोल-गोल हो गईं लेकिन इस ऊँचाई से उसे नज़ारा बहुत जंच रहा था।

ग़नीमत है ऐसा करते हुए उसे किसी ने नहीं देखा क्योंकि उसकी बालकनी के सहारे बिग्नोनिया के फूलों की घनी बेल ने उस जगह का काफ़ी हिस्सा घेर रखा था।

उत्तेजना से भरी मश्रा पर्दों के सहारे लटक-लटककर नीचे आ गई। यह शायद उसके जीवन का एकमात्र ऐसा दिन था, जो जोख़िम से भरा होने के बावजूद अनोखा था। उसे ऐसा करते हुए एक अजीब-सा संतोष महसूस हुआ। नीचे उतरकर वह काफ़ी देर तक वहीं खड़ी रही और बालकनी की ऊँचाई का अंदाज़ा लगाने लगी। उसे लगा, जैसे वह किसी अजनबी जगह से जादुई की तरह यहाँ भेजी गई है। वह सोचने लगी कि अजनबीपन भी अपने मन के डरों से कितनी बड़ी रिहाई दिला देता है जबकि जाना और पहचाना हुआ हमेशा बंधन में बाँधे रखता है, फिर चाहे वह बंधन दिखाई दे या न दे।

अभी वह वहां खड़ी ही थी कि उसे एक शोर सुनाई देने लगा। यह शोर तो था लेकिन इसमें आवाज़ें मध्यम-मध्यम गुनगुनाती हुई सुनाई दे रही थीं, जैसे भँवरा गुनगुनाता है। वह उस गुनगुनाहट का पीछा करने के लिए लोहे के सरियों वाला गेट खोलकर उसी

ओर चल दी। अपने क़दमों को बिना गिने उसने यह अनुमान लगा लिया कि वह कम-से-कम दो सौ मीटर तो चल चुकी है। जैसे-जैसे वह जुलूस की तरफ़ पहुँचती जा रही थी, वह गुनगुनाहट धीरे-धीरे बढ़ती जा रही थी।

आख़िरकार वह भीड़ में शामिल हो गई। उसे लगा, जैसे यह लोगों का दरिया है। अगर कोई अपने क़दम बढ़ाना भी न चाहे, तो भी वह इस भीड़ द्वारा घसीट लिया जाएगा। भीड़ है कि एक सीध में चलती ही जा रही है। इस जुलूस में सभी लोगों ने सफ़ेद कपड़े पहने हुए हैं। ऐसा लग रहा है जैसे ये सभी किसी अनुष्ठान में शामिल होने जा रहे हैं। वे न दाएँ देख रहे हैं, न बाएँ।

मश्रा उनके बीच में से एक-एक क़दम बढ़ाती हुई आगे, और आगे जाने की कोशिश करती है। कभी बीच में वह किसी से टकरा भी जाती है, तो भी उसे कोई एक शब्द भी नहीं कहता। कहना तो छोड़िए, कोई उसकी तरफ़ देखता भी नहीं।

जानती तो वह भी नहीं है कि इस जुलूस में आगे जाकर आख़िर वह क्या करना चाहती है और वह यहाँ आई ही क्यों है लेकिन यह गुनगुनाहट ही कुछ ऐसी थी कि उसे अपनी तरफ़ इसने खींच लिया और वह तो पहले ही पर्दे और बालकनी के साथ वाला जोखिम उठाकर आज कुछ ज़्यादा ही साहस से फूली हुई है। दरअसल आज वह सब करने से उसने ख़ुद को नहीं रोका, जो ख़तरे को छूता हो और जिसे बुनियादी तौर पर शब्दों और भाषा में समझाया जा सकता हो। उसने सोचा, क्या ही होगा अगर वह इस जुलूस के साथ किसी कुएँ में भी गिर पड़े तो। यह सोचना हालाँकि मूर्खतापूर्ण था लेकिन उसने ऐसा ही सोचा।

कभी-कभी ख़्वाहिशों की ऐसी लापरवाहियाँ एक नशे की तरह सिर पर चढ़कर बोलती हैं और मश्रा इसी नशे में बिना कुछ सोचे-

समझे जुलूस में चलती जा रही थी। उसे मालूम ही नहीं हुआ कि वह कब जुलूस में सबसे आगे आख़िर पहुँच ही गई। उसने देखा, एक विशाल रथनुमा गाड़ी जो ऊपर से पूरी तरह खुली है, उसके चारों कोनों में बाँस के मोटे डंडे मज़बूत रस्सियों से बँधे हुए हैं और उस खुली छत को मलमल जैसे महीन कपड़े से ढक दिया गया है।

उस गाड़ी के पहिए लकड़ी के हैं, जो मश्रा ने पहली बार देखे। पहियों से ऊपर उसकी नज़र गई, तो उसने देखा कि एकदम सफ़ेद कपड़े पहने एक पादरी पसीने में भीगा हुआ है। उसके एक हाथ में लकड़ी का एक गिलास है, जिस पर संत वैलेंटाइन की तस्वीर गुदी है और दूसरे हाथ में बाइबल है।

काठ का गिलास

मश्रा की नज़र उस गिलास से हट ही नहीं पा रही थी। यह आकार में सुंदर और बढ़िया पॉलिश किया गया गिलास पादरी के हाथों में बड़ा बेशक़ीमती दिखाई दे रहा था। उसकी घिसाई और चमक देखकर ऐसा लग रहा था कि इसे एक निपुण कारीगर ने बनाया है। फिर उसकी नज़र पड़ी गिलास पर गुदे चेहरे की ओर। वह देखते ही पहचान गई कि यह संत वैलेंटाइन की तस्वीर है।

उसने देखा कि गाड़ी बीच-बीच में रुक रही है और लकड़ी के पहिए गाड़ी रुकने पर चर्र-चर्र की आवाज़ करते हैं। जब-जब गाड़ी रुकती, तब-तब कुछ लोग गाड़ी के पास जाकर पादरी के सामने हथेलियाँ फैला कर खड़े हो जाते। पादरी इसी बेशक़ीमती काठ के गिलास में से पवित्र जल की कुछ बूंदें उन लोगों की हथेलियों पर रख रहा था। लोग उस जल को अपने होंठों से लगा लेते। वह जल शायद पवित्र स्पर्श की महिमा का प्रतीक था, जिसे लोग महसूस करने के लिए पादरी के निकट जा रहे थे।

किन्हीं चीज़ों के स्पर्श से पवित्रता या अपवित्रता का बोध मश्रा को निराश कर रहा था। वह सोचने लगी कि दुनिया बुरी चीज़ों से मुक्त क्यों नहीं है ताकि पवित्र और अपवित्र की भावनाएँ ही किसी के भीतर जन्म न लें।

वह जुलूस में उस लकड़ी के पहियों वाली गाड़ी के पीछे-पीछे दूर तक चली जा रही थी। चलते-चलते उसने महसूस किया कि वह जिस उत्तेजना के साथ इस भीड़ में शामिल हुई थी, अब वह उससे मुक्त हो चुकी है। उसके क़दम उसी सच्चाई, पवित्रता और निर्दयी चुप्पी में चलते जा रहे थे, जिसमें वह भीड़ यांत्रिक ढंग से चलती जा रही थी। उसने अब तक यह अनसुना ही कर दिया था कि वह गुनगुनाहट और कुछ नहीं बल्कि कुछ पवित्र शब्द हैं, जिनका वह भीड़ उच्चारण कर रही है।

उसे वे शब्द समझ नहीं आ रहे थे लेकिन असीम और अनंत दुख में मिले साथ जैसे लग रहे थे, जैसे पीड़ा का भोगी सिर से पाँव तक कच्ची धातु में बदल जाता है, हल्की-सी चोट सहन नहीं कर पाता और मामूली-सा प्रेम उसके पूरे वजूद को नया बना देता है।

सुने जा रहे शब्द भी तो प्रेम जैसे थे। वह उन शब्दों की ध्वनि में खोई, भीड़ की यांत्रिकता में, जुलूस के साथ बहती जा रही थी। उन पवित्र शब्दों की ध्वनि ने उसके कान सुन्न कर दिए थे, जैसे किसी सम्मोहन का पालन वह बिना सोचे-समझे करती जा रही हो।

एक लंबी यात्रा के बाद वह जुलूस अपनी यांत्रिकताओं से मुक्त हो गया। गुनगुनाना धीमा होते-होते बंद हो गया, रथनुमा गाड़ी के लकड़ी के पहियों से चर्र-चर्र की आवाज़ आनी भी बंद हो गई। गाड़ी की छत पर लगा मलमल जैसा महीन कपड़ा उतार दिया गया और पसीने से भीगे पादरी को उस गाड़ी से उतारने के लिए इंतज़ाम किया जाने लगा।

मश्रा सपने जैसे इस दृश्य को जैसे एक जाग में देख रही थी लेकिन अब भी उसके कानों में उन पवित्र शब्दों की हलचल थी। यह हलचल इतना धैर्य रखे हुए थी, जैसे एक नन्ही मछली अपने अस्तित्व को लगभग शून्य करके पानी के भीतर तैरती है।

रथनुमा गाड़ी से पादरी को उतारने के लिए दो युवकों ने एक मज़बूत और विशाल पत्थर को ठीक उस जगह रख दिया, जहाँ से पादरी उतरना चाहता था। पादरी ने उन दोनों युवकों के बढ़े हाथों को मज़बूती से पकड़ा और पत्थर पर बहुत धीरे-से पहले एक पैर फिर दूसरा पैर रख दिया। उतरते हुए पादरी को मश्रा बड़े ग़ौर से देख रही थी। उसने देखा कि पादरी के हाथ कांप रहे हैं और उसकी पीठ पूरी तरह पसीने से भीग चुकी है। उसने उतरते ही काठ का गिलास और पवित्र बाइबल को रथनुमा गाड़ी से उठा लिया, जिसे उसने उतरते हुए वहाँ रख दिया था।

पादरी कसे शरीर वाला, क़द में ऊँचा, बिना मुस्कान के, गंभीर चेहरे वाला व्यक्ति था। उसके सिर पर बाल एकदम छोटे और सफ़ेद थे और चाल बहुत तेज़। वह अपने क़दम बढ़ाता, तो ऐसा लगता कि वह चल नहीं रहा बल्कि उड़ रहा है।

मश्रा ने उस उड़ते हुए पादरी का पीछा किया और एक बड़ी-सी इमारत के साफ़-सुथरे बरामदे में पहुँच गई। उस बरामदे के दोनों तरफ़ कमरे ही कमरे थे। उसने देखा, वह पादरी एक बहुत बड़े कमरे के बाहर ही रुक गया है। वह गहरी दुविधा में दिखाई दे रहा है। कमरे में लोगों की भीड़ है और उस भीड़ को देखकर ऐसा लग रहा है कि यहाँ कोई अनुष्ठान शुरू होने वाला है और उसी कमरे के दूसरी तरफ़ भोज की तैयारी भी चल रही है। पादरी कमरे में जाने से कतरा रहा है। उसके हाथ मे वही काठ का गिलास और पवित्र बाइबल है। वह बार-बार गिलास को छुपाने के यत्न में अपनी स्थिति को लेकर अस्त-व्यस्त हो रहा है।

मश्रा कुछ ही क़दम दूर ठीक उसके पीछे खड़ी यह सब बहुत ध्यान से देख रही है और अपना हाथ बढ़ाकर पादरी से कहती है -

- अगर आपको इस गिलास के साथ कोई दुविधा है, तो यह गिलास आप मुझे दे दीजिए।

पादरी गंभीर चेहरे के साथ मश्रा की ओर देखता है और यह समझने की कोशिश करता है कि आख़िर वह है कौन, जो उससे गिलास मांग रही है।

मश्रा नज़रें नीचे कर पादरी को सब बताती है कि किस तरह वह जुलूस की आवाज़ का पीछा करते हुए यहाँ आई है और वह भी राह में मिले लोगों की तरह उस गिलास से पवित्र जल को स्पर्श करना चाहती है।

पादरी सब सुनने के बाद मुस्कुराने लगता है। यह बात और है कि उसका चेहरा इतना गंभीर है कि मुस्कुराहट का आधा इंच भी उसपर दिखाई नहीं देता। वह मश्रा से कहता है -

- लगता है तुम यहाँ मेरी ही दुविधा दूर करने इस आवाज़ का पीछा करते चली आई थी।

मश्रा बहुत कोमलता से पादरी की ओर देखती हुई उसकी बात का अर्थ जानने की कोशिश करती है। पादरी मश्रा को उस कमरे से थोड़ा दूर ले जाकर उसे कहता है -

- क्या तुमने इस गिलास पर संत वैलेंटाइन की गुदी तस्वीर देखी है? दरअसल यह मेरी ही ग़लती की वजह से हुआ। मैं आज के अनुष्ठान और भोज में आने की तैयारी करते समय यह गिलास अपने साथ ले आया जबकि मुझे यह नहीं लाना था।
- पर ऐसा क्यों? क्यों नहीं लाना था यह गिलास?

– क्योंकि इसपर संत वैलेंटाइन की तस्वीर गुदी है। बरसों पहले जब मैं पादरी नहीं था, मुझे प्रेम करने वाली एक स्त्री ने यह मुझे दिया था। दुर्भाग्य से वह इस दुनिया से बहुत जल्दी चली गई और मैंने पादरी बन जाने का निर्णय कर लिया।

मश्रा यह सब सुनते हुए भी उसी गिलास पर अपनी नज़र टिकाए थी।

– हम सामुदायिक अनुष्ठानों में प्रेम के प्रतीकों की उपस्थिति को टालते हैं लेकिन आज मेरी ही ग़लती के कारण यह गिलास जुलूस में पवित्र जल से भरा मेरे हाथ में रहा। यह अब तुम्हारा हुआ।

पादरी ने दोनों हाथों से मश्रा को वह गिलास दे दिया। मश्रा ने जिज्ञासा से उस गिलास के अंदर देखा, तो पाया कि उसमें पवित्र जल की एक भी बूँद नहीं बची।

किन्हीं चीज़ों के स्पर्श द्वारा पवित्र और अपवित्र के बोध से जो निराशा उसे कुछ देर पहले हुई थी उसका उत्तर मश्रा को मिल चुका था। उसने गिलास को ऐसे चूमा, जैसे वह कुरतो के होंठों को चूम रही हो। पादरी ने इस बात को अनदेखा कर दिया।

सर्रे-सी ख़रबड़िया

जंगल का वह रास्ता, जहाँ कुरतो ने पहली बार मश्रा को चूमा था उससे कुछ किलोमीटर आगे पहाड़ ही पहाड़ थे। ऊँचे, गहरे, भूरे-काले पहाड़। पहाड़ों के बीच में कुछ हिस्से बहुत उपजाऊ थे। वहाँ कई क़िस्मों के खाने लायक मशरूम पाए जाते और ऊँचे पहाड़ी इलाक़ों में कुदरती रूप से उगने वाली गुच्छी या छतरी भी ख़ूब मिलती।

उन्हीं उपजाऊ मैदानों के आस-पास के इलाक़ों में एक बहुत बड़ी बस्ती बसी हुई थी। वहाँ रिहाइश की संभावना को समझना आसान नहीं था लेकिन वे लोग यहीं खेती करते, जंगल के बीच में बहती नदी के पानी का प्रयोग करते, जंगली शाक-सब्ज़ियों का सेवन करके प्राकृतिक रूप में अपना जीवन चला रहे थे।

पहाड़ों की तरफ़ जाने वाला रास्ता जितना अकेला और सुनसान था, उतना ही अनछुआ। कुदरत ने जैसे उस रास्ते को दुलार में सबसे छिपा कर रखा हो। फिर भी कुछ लोग यहाँ पहुँच ही जाते थे। वे लोग, जो अपने ही मन की सुनते, जिन्हें किसी ऐसे सच की तलाश होती, जिसे न साबित किया जा सके और जो न कोई सबूत बन पाए। जिसे बस बारिश, ख़ुशबू और कविता की तरह महसूस किया जा सके।

मश्रा और कुरतो के स्वभाव और पसंद में बहुत मेल है या वे इसे मिला लेते थे, ठीक से कुछ नहीं कहा जा सकता और शायद इसी

वजह से वे बार-बार उस जंगल के अकेले रास्ते को मिलने के लिए चुना करते।

इस बार उन दोनों ने पहले अलग-अलग सोचकर फिर एक साथ सोचकर पहाड़ के उस पार, जहाँ वह बस्ती थी, जाने का मन बनाया। वैसे वे दोनों अलग-अलग में भी एक थे और एक में तो एक थे ही।

जिस दिन पहाड़ पर चढ़ने का दिन था, उस दिन कुरतो मश्रा के लिए अपने जूते साथ लेकर आया। मश्रा ने लपककर उन्हें अपने पैरों में पहन लिया और ख़ुशी से उछलने लगी। उसने पहली बार ऐसे जूते पहने थे और वो भी कुरतो के। यह उसके लिए दोहरे मज़े की बात थी और इस ख़ुशी को ज़ाहिर करने के लिए वह कभी तितली की तरह मचलती फिर कूदती, तो कभी दोनों बाजुओं को फैलाकर जंगल के बीच चमकती काली सड़क पर चिल्लाते हुए दौड़ पड़ती। कुरतो मश्रा की नादानियाँ हँसते हुए देख रहा था।

इन खोए-से पलों में, जहाँ वे दोनों सिर्फ़ और सिर्फ़ एक-दूसरे के साथ थे और बच्चों की तरह हरकतें कर रहे थे, उन पलों में कुरतो को ऐसा लगा जैसे जंगल में पेड़ों के ऊपर से उन्हें कोई बहुत ध्यान से देख रहा है। वह जो कुछ भी ऊपर से देख रहा है, उसे ख़ुद में दर्ज किए जा रहा है।

आकाश के ख़ुद में सब कुछ समा लेने वाले बड़प्पन को कुरतो ने अपनी नज़रें उठाकर देखा, जहाँ उसे किसी के होने का अंदेशा हो रहा था। उसकी नज़रों के सामने से वृक्षों पर उन लोगों की लटकी हुई हरी-भरी यादें गुज़र गईं, जो कभी इस रास्ते पर आए होंगे। पंछियों के शिकवे-शिकायतें गुज़र गए। वे सब बातें गुज़र गईं, जो दिल पर हल्का-सा भी बोझ दे पाने के क़ाबिल होतीं। अब ऊपर

सिर्फ़ नीला आसमान था। खुला साफ़ नीला आसमान जैसे कोई आईना हो, जिसमें कुरतो ख़ुद के अस्तित्व को देख पा रहा हो।

असीम शांति!

इसी की तो खोज थी उसे। ऊपर जो कोई भी था, जो उसे देख रहा था वह उसे अपने में समेट भी रहा था। कुरतो सिमटते-सिमटते अस्तित्व-शून्य हो गया। हल्का, पत्ते की तरह।

उसे मश्रा की भी आवाज़ सुनाई देनी बंद हो गई। वह जहाँ था वहीं लेट गया। लेटा रहा, मिनटों, महीनों, बरसों। उसे समय का आभास होना बंद हो गया। पुरानी दर्द-भरी, प्रश्नों-भरी यादों ने उसका पीछा छोड़ दिया।

मश्रा जब उछल-कूद कर थक गई, तो उसने रास्ते के आस-पास पड़े कबूतर के पंखों को इकट्ठा करना शुरू कर दिया। उसने सभी पंखों को दाँए-बाएँ से कुतरते हुए बस बीच का नन्हा-सा हिस्सा छोड़ दिया और इस तरह उसने अपनी मुट्ठी कुतरे हुए पंखों से भर ली। उसने इधर-उधर देखा, कुरतो कहीं दिखाई नहीं दिया। वह डर गई। उसने जैसे ही कुरतो को आवाज़ देनी चाही उसे कुरतो की क़मीज़ दिखाई दी। वह थोड़ी दूर एक पेड़ के पास लेटा हुआ था बल्कि गहरी नींद में था।

मश्रा धीरे से कुरतो के पास गई। उसके क़रीब बैठ गई और झुकते हुए नींद में डूबी उसकी आँखों को सहमी हुई शिद्दत से देखा। उसकी शिद्दत में सहमापन इसलिए था क्योंकि प्रेम न सिर्फ़ पाने के बल्कि खोने के सहमे एहसास को भी हर समय देता रहता है।

कुरतो को देखते हुए उसे अपनी भूली शरारत याद हो आई। उसने कबूतर का कुतरा हुआ एक पंख अपनी मुट्ठी से निकाला

और गहरी नींद में सोए कुरतो के कान में नन्हे पंखों वाला हिस्सा डालकर फरिट से दाएँ-बाएँ घुमा दिया। कुरतो बुरी तरह डर गया और अपने कान को हिलाता हुआ उसे साफ़ करने लगा। उसे लगा जंगल का कोई ज़हरीला कीड़ा घुस गया है उसके कान में लेकिन यह तो मश्रा थी और उसकी शरारत थी। वह बस हँसती ही जा रही थी और सर्र-सी ख़रबड़िया, सर्र-सी ख़रबड़िया दोहराती जा रही थी। हँसते और यह दोहराते हुए वह काली सड़क के बिलकुल बीचोबीच जाकर बैठ गई, जैसे यह सड़क कोई रास्ता न होकर जबरन उसका क़ब्ज़ाया ज़मीन का कोई टुकड़ा हो। कुरतो ने उसके कंधे पकड़कर उसे हँसने से रोकते हुए सर्र-सी ख़रबड़िया का मतलब पूछा, तो वह दोगुनी खिलखिलाहट में बोली -

– सर्र वह है, जो कान में घूमा था और ख़रबड़िया वह जो सर्र के बाद कान में आया।

पेड़ों के ऊपर आकाश में जो कोई भी था, जो उन्हें देख रहा था, ख़ुद में सब दर्ज किए जा रहा था।

मधुर मधुर वेणु धेयतुम

कर्नाटक के श्रीकांतेश्वरा मंदिर से लाई गई घंटी को ताबड़तोड़ बजा लेने के बाद कुरतो की परोपकारी माँ यानी उस सुंदर और कमनीय स्त्री के हाथ बुरी तरह काँपने लगे।

घंटी बजाते हुए उसका पूरा शरीर ऐसे हिल रहा था, जैसे बारिश के मौसम में बिजली की तारों में कभी आग लग जाने के बाद तारें काँपती दिखाई देती हैं। उस समय भय के कारण उनके पास कोई नहीं जाता। वह सुंदरी भी भीतर की चिंगारियों में ऐसे ही काँप रही थी और कुरतो के पिता चाहे अपना भय दिखा नहीं रहे थे लेकिन वह उस सुंदरी से बुरी तरह भयभीत थे।

ख़ासतौर पर उसकी आँखों में लगे काजल की मोटी लकीर उनके पेट में दर्द कर रही थी।

वह अपनी नज़र घुमाकर इधर दौड़े, तो उस क्रोधित सुंदरी ने अपने हाथ से उनकी बांह पकड़ ली और बोली -

– कहाँ जा रहे हो? सोने?

कुरतो के पिता ने ऐसे सीना ऊपर-नीचे किया, जैसे शायद किसी नाटक कंपनी में कभी काम किया हो। ऐसा होता है न कि कुछ लोग थोड़ी अधिक कमाई के लिए छोटे-मोटे और कभी अजीबो-

ग़रीब काम करते हैं। उनकी अदा से ऐसा ही लगा था। वह बनावटी और फ़ितूरी भाव-भंगिमाओं में बोले -

–   रात को सोऊंगा नहीं, तो क्या नृत्य करूँगा?

यह कहकर उन्होंने कुरतो की परोपकारी माँ का हाथ नौटंकी करते हुए पहले ऊपर हवा में लहराया, फिर झटके से नीचे फेंक दिया। उन्होंने फिर नज़रें घुमाईं। इस बार और बेफ़िक्री के साथ उसी दिशा में मुड़ने लगे।

सुंदरी ने कुरतो के पिता की बेहया चाल में अपनी टांग मज़बूती से अड़ा दी। वह पहले थोड़ा-सा लड़खड़ाए फिर ख़ुद को संभालते हुए चार-छः क़दम आगे की ओर गिर ही पड़े। उन्होंने नौटंकी अब भी नहीं छोड़ी। वह उठे और अपने प्रिय अभिनेता रजनीकांत के अंदाज़ में माचिस की अदृश्य तीली से अदृश्य बीड़ी जलाते हुए उसे होंठों में दबा दिया और गर्दन झटकते हुए उस सुंदरी को भी अपने दिल से झटक दिया।

कामुक स्त्री की निर्लज्ज कथा सुनकर वह पहले ही दुखी थी और अब उसे इस नामुराद झटके की चोट लगी। इस झटके ने उसे बेक़ाबू कर दिया और वह अपने बाल खोलने लगी। उसके लंबे बाल रात की गहराई और रहस्य की तरह बिखर गए। बाल खुलते ही उनमें से कपूर और दालचीनी की मीठी सुगंध आने लगी।

दरअसल कुरतो की परोपकारी माँ असीम गुणों की स्वामिनी थी। वह कई तरह की मोचों को चुटकी बजाकर ठीक कर देती और मधुमक्खियों के मोम से कई तरह के मलहम बना लिया करती, जो त्वचा को चमकदार और नर्म बनाकर सुंदरता बढ़ाने का तो काम करते ही, साथ में कुछ ऐसे मलहम भी वह बनाती, जो चोटों पर लगाए जा सकने वाले होते।

वह कई तरह के साबुत मसालों, रंग-बिरंगे फूलों के पाउडरों और गाय के सूखे गोबर को लेकर मंदिर में पूजा के काम आने वाला धूप-पाउडर बनाती और उसी धूप-पाउडर को जलाकर अपने लंबे बालों में किसी अनुष्ठान की प्रकिया की तरह रोज़ उसका धुआँ देती फिर बालों का जूड़ा बांध लेती ताकि उस सुगंध को देर तक बालों में जकड़ा जा सके।

जब उसने भयंकर गुस्से में अपने बाल खोले, तो आस-पास की जगह में सुगंध के कण फैलने लगे। इस सुगंध ने कुरतो के पिता के चपटे और मोटे नाक में भी प्रवेश किया और उनके दिल में हलचल पैदा की। उनका दिल उस सुगंध से धड़कने लगा और वह उस सुंदरी के लिए थोड़े नर्म पड़ गए लेकिन सुंदरी किसी और ही दृश्य को रचने के लिए तैयार हो गई थी। उसने अपनी साड़ी के पल्लू के किनारे को मराठनों की तरह अपनी टाँगों के बीच से निकालकर कमर में पीछे दबा दिया और लकड़ी का एक चिकना डंडा लेकर एक संगीतमय लयबद्धता के साथ फ़र्श पर बैठकर उसे बजाने लगी। एक पूरी धुन उसने ऐसे ही बजाई और इस पूरी धुन के बजाने के समय तन्मयता से उसके साथ अपनी आत्मा का संगीत भी उसमें मिला दिया।

कुरतो के पिता के लिए उस रुई भरे खिलौने बनाने वाली का यह रूप एकदम नया और अनोखा था। वह क्रोध और बेतुके श्रृंगार में भी निखरी हुई दिख रही थी। आज उसके शरीर में आत्मसम्मान की आग थी, जिसे कुरतो के पिता ने पहले न कभी देखा था, न महसूस किया था। वह उसके आत्मसम्मान के सामने छोटे होते जा रहे थे।

किसी का किया तिरस्कार ही शायद वह भावना है, जो मन की ज़रूरी टूट-फूट करने का पाप करती है।

वह सुंदरी उसी टूट-फूट को सहलाते हुए अंत में उठी और भरतनाट्यम नृत्य की हस्तमुद्रा में बाँसुरी को दृश्य में उतारने और गाने लगी।

– मधुर मधुर वेणु धेयतुम...
– मधुर मधुर वेणु धेयतुम...

पैरों की थाप, फिर धीमी थाप, फिर गतिमान थाप, फिर नेत्रों के आयाम और उसमें आनंद। फिर चकित से ब्यौरों में मुख-मुद्राएं, फिर छूटी कोई आस और मध्यम होती सांस।

नृत्य सम्पूर्ण हुआ।

यह नृत्य उसने कब सीखा था, कुरतो के पिता इस रहस्य से अनजान थे। नृत्य के सम्पूर्ण हो जाने पर उसने कुरतो के पिता को कहा -

– आधी रात को घर लौटने वालों को घर में आने से पहले अपनी सब चतुराइयों के स्पर्श कूड़ेदान के हवाले करके आने चाहिए।

कुरतो के पिता के पैर डर से सुन्न पड़ गए। उन्हें लगा जैसे उनके पैर हैं ही नहीं, वह ज़मीन पर अपने आधे शरीर के साथ हवा में तैर रहे हैं।

बारिश अब रुक चुकी थी। मेंढक झुंड में टर्रा रहे थे। घर के आँगन में कच्चे फ़र्श की ढलान में बारिश का थोड़ा पानी भर गया था, जिसकी परछाईं उसके ठीक सामने वाली दीवार पर बड़ी लहरों की तरह दिखाई दे रही थी।

चारों तरफ़ डरावनी चुप्पी थी।

भिनभिनाहट

यह एक स्वप्न होता, तो कुरतो डरकर नींद से जाग जाता। अपनी हाँफती हुई साँसों के शांत हो जाने का इंतज़ार करता लेकिन यह स्वप्न नहीं था।

बिलकुल अभी खिली सुबह रात भर बारिश के बाद ऐसे दिख रही थी, जैसे इसने ख़ुद में कोई राज़ छुपा रखा हो। धुंध में कुरतो का घर ऊँघता और थका हुआ दिखाई दे रहा था। ऐसा लग रहा था जैसे इस सूनेपन की एक आवाज़ है, जो हूबहू धुंध की तरह दिखाई दे रही है।

कितना अजीब है आवाज़ों का चीज़ों में बदल जाना और चीज़ें, जो बोलती तो कुछ नहीं लेकिन घटना बन जाने की हिम्मत रखती हैं।

जिस समय उसकी परोपकारी माँ का नृत्य सम्पूर्ण हुआ था, उस समय कुरतो बिना आँखें झपकाए दरवाज़े की तरफ़ देख रहा था। दरअसल वह दरवाज़े की तरफ़ भी नहीं देख रहा था बल्कि दरवाज़े के नीचे से आ रही रोशनी की पतली-सी लकीर को देख रहा था। उसे महसूस हुआ कि कोई एक नज़र तो है, जो उसके आस-पास बनी रहती है, उसे देखती रहती है और ख़ुद में दर्ज करती है लेकिन यह बात दिखाई देने से कोसों दूर है। ऐसा उसे तब भी लगा था, जब वह मश्रा के साथ पहाड़ की तरफ़ जाने वाले रास्ते पर था।

उसकी परोपकारी माँ द्वारा अपने मन की घोर पीड़ा में नृत्य करने के बाद घर में कोई आवाज़ नहीं छलकी थी। किसी एक

भी फुरसती मक्खी या बारिश में आवारा रेंगते केंचुए ने घर की शांति को भंग नहीं किया लेकिन सूक्ष्म चुप्पियों की अपनी ही एक भिनभिनाहट होती है। सुनाई देने वाली चुप्पियों से कहीं ज़्यादा बदतर और चुभती हुई।

कुरतो रात भर उसी भिनभिनाहट में बैठा दरवाज़े के नीचे से दिखाई दे रही रोशनी की उस पतली-सी लकीर के रंग बदल जाने की राह देखता रहा और दिन निकल आने पर जब ऐसा हुआ, तो उसने दरवाज़ा खोलने के लिए अपने क़दम उस ओर बढ़ा दिए।

रात की कलह का शोर, शब्द, उनके टूटे-फूटे अर्थ, सब कुरतो के दिमाग़ से टकरा रहे थे लेकिन वह सहमते हुए अप्रत्याशित की संभावना की तलवार पर ज़ख़्मी पैरों के साथ हिम्मत करता हुआ, ख़ुद को दिए दिलासे की बांह पकड़कर चलता रहा। बहुत धीमे, इतने धीमे कि इसे चलना न कहकर चलने का छलावा कहना ज़्यादा सही है।

मधुर मधुर वेणु धेयतुम...

वह चौंक गया कि फिर से वही सब होगा। उसने नज़र को चारों दिशाओं घूमाकर देखा कि यह आवाज़ आख़िर किस दिशा से आ रही है लेकिन उसे कुछ भी दिखाई नहीं दिया।

मधुर मधुर वेणु धेयतुम...

फिर वही आवाज़! वही आवाज़! वही शोर!

उसे लगा, अब यह आवाज़ हर दिशा में गूँज रही है। उसे चारों तरफ़ से घेर रही है। घेरकर उसे बाँध रही है, जैसे किसी को

प्रताड़ित करने के लिए जबरन रस्सी से बांधा जाता है। इंसान आख़िर किससे भागना चाहता है? उसके आस-पास वे ही तो लोग होते हैं, जो उसके अपने होते हैं। यह कितना बड़ा चीट गेम है, अपने लोग, अपने रिश्ते, अपने फलाना, अपने ढिकाना।

कुरतो की परोपकारी माँ अपने पति के व्यभिचार से तंग आकर उससे भागना चाहती थी। उसका पति अपनी सुंदर और कमनीय पत्नी से मोहभंग हो जाने पर उससे भागना चाहता था और कुरतो इन बातों के कारण होने वाले कलह से भागना चाहता था। लेकिन भागने के इस खेल में कोई पहुँचता कहीं नहीं है।

कुरतो युवा हो रहा था और रात को क्रोध और दयनीय मानसिक अवस्था में जिसने नृत्य किया, वह उसकी परोपकारी माँ है। वह नीची जाति की सुंदर और कमनीय स्त्री भी है, जो अनेक गुणों की स्वामिनी है लेकिन वह उस कामुक स्त्री की तरह कुशल कलाकार नहीं है, जो झूठ और दिखावे को कुछ हासिल करने के लिए एक सीढ़ी की तरह इस्तेमाल कर सके।

दुनिया में एक तरह के लोगों के लिए कितना ज़रूरी है झूठ गढ़ने का कारीगर हो जाना। उनके लिए एक चाहा गया जीवन इस बात पर निर्भर नहीं करता कि उसमें सच का कितना भरा-पूरा हिस्सा है बल्कि इस बात पर निर्भर करता है कि उन्होंने मुखौटे को कितनी कुशलता से पहना है और जाली भंगिमाओं को कितनी सरलता से जीवन में उतारा है।

एक अतिरिक्त ख़ामोशी, एक अतिरिक्त सजगता, एक अतिरिक्त संकेत।

कहते हैं माया और सत्य दोनों ही हमारे सामने होते हैं। कभी माया हमें बींधकर हम पर क़ाबू पा लेती है, तो कभी हम माया के

चक्रव्यूह से अनछुए से निकल जाते हैं। बात सिर्फ़ इतनी है कि माया और स्वप्नों के संकेतों की गूढ़ लिपि को कौन, कितना समझ पाता है।

यह सुबह वाक़ई कुरतो के लिए एक ऐसी सुबह थी, जो उसे आने वाले समय के लिए तैयार कर रही थी। यह सुबह उसके लिए उस तैयारी की तरह थी, जो उसके मन में अस्तित्व सरीखे प्रश्नों द्वारा माया और सत्य के भेद का अंतर साफ़ कर पाती या हो सकता है कि उसके सामने नए प्रश्न ले आती या उसे यह समझा पाती कि किसी भी दुनियावी शय को समझने के लिए एक 'अतिरिक्त शरीर' का होना बहुत ज़रूरी है।

कैसा होता है वह 'अतिरिक्त शरीर'? क्या वह ऐसे प्रश्नों के द्वारा अपने जीवन के आर-पार देख पाएगा? यह बात अभी कैसे तय हो सकती है?

अभी तो वह गहरे सन्नाटे की मनहूसियत को देख ही कहाँ पाया है। वह एक क़दम चलता है, फिर रुक जाता है। वह किसी तरह दूसरा क़दम बढ़ाता है। उसका सहमा दिल उसके पैर फिर से रोक लेता है। तभी वह देखता है कि धूप की लकीरों ने उसके घर के आँगन में प्रवेश कर लिया है। वे लकीरें बेहद महीन हैं। धूल के मामूली कण उस रोशनी की लकीर के बीच में आने पर एक शरीर पहन लेते हैं और वह दायरा छोड़ देने पर वे कण फिर से गुमशुदा हो जाते हैं।

कुरतो यह होते ऐसे देख रहा है, जैसे जानना चाहता हो कि क्या यही 'अतिरिक्त शरीर' होता है?

सूक्ष्म चुप्पियाँ और भी क्रूर, बदतर और हिंसक होती जा रही थीं। उन चुप्पियों ने कुरतो के सिर में किसी ख़याल का वार किया।

उसने झटके से अपने बाल पकड़ लिए और घुटनों को मोड़कर, उसमें अपना सिर दबा कर फ़र्श पर बैठ गया। बहुत देर तक ऐसे बैठे रहने के बाद जब उसने अपना सिर घुटनों से थोड़ा-सा बाहर निकाला, तो उसने देखा कि एक योद्धा चींटा उसी की तरफ़ आ रहा है, जैसे वह कुरतो के लिए कोई ज़रूरी संदेश ला रहा हो।

गिरीश घोष और सावन का महीना

वह तिरपाल की कई तहों से ढकी और रस्सियों से बँधी झोपड़ी में ऐसे घुसने का जुगाड़ लगा रहा था, जैसे कोई चूहा अनाज के बोरे को खोदता है।

झोपड़ी का टूटा-फूटा दरवाज़ा खुलते ही उसमें से गटर जैसी सड़ी हुई दुर्गंध आने लगी। कामुक स्त्री उस झोपड़ी से आ रही असहनीय दुर्गंध से बचने के लिए अपनी नाक साड़ी के पल्लू से बंद कर रही थी और गिरीश घोष को जल्दी से वह सामान लाने के लिए बार-बार बोल रही थी, जिसे लेने वह शहर से इतनी दूर आए थे।

आधे घंटे या इससे ऊपर समय की मशक्कत के बाद आख़िरकार वह बदबूदार झोपड़ी में से चील के तीन जोड़े पंजे, तोते की दो चोंचें और एक मरी और पिचकी हुई गिलहरी एक काली पन्नी में छुपाकर ले आया। उसने झोपड़ी से बाहर आते ही काली पन्नी को खोलकर कामुक स्त्री को वह सब दिखाया, जिसकी क़ीमत उसने गिरीश घोष को पहले ही अदा कर दी थी।

उसे पहले ही झोपड़ी से आ रही दुर्गंध की वजह से बार-बार उबकाई आ रही थी और जैसे ही गिरीश घोष ने पन्नी खोली, तो उसमें मरे पक्षियों के पंजे, चोंच देखकर वह घबरा गई और पिचक कर टूथपेस्ट की खाली ट्यूब की तरह दिख रही मरी गिलहरी ने तो उसका दम ही निकाल दिया। उसने अपना सिर पकड़ लिया।

– इस पत्री को जल्दी से बंद करो भाई। मुझसे यह नहीं देखा जा रहा। यहाँ से जल्दी चलो और अपना काम शुरू करो।

इतना कहकर वह सड़क पर नीचे बैठकर ही उल्टी करने लगी। गिरीश घोष उसके पास ही खड़ा था लेकिन उसने उसे इशारा करते हुए दूर जाने को कहा। वह लगातार उल्टियाँ करती जा रही थी। कुछ देर बाद जब उसकी उल्टियाँ रुकीं, तो उसने गिरीश घोष को वह गुप्त सामान लेकर अलग बस में जाने को कहा और ख़ुद अलग तिपहिया लेकर लौट गई। इतनी ही देर में वह मरियल-सी दिखने लगी जबकि वह हमेशा छुईमुई की तरह दिखा करती।

जो दिखाई देता है, दृश्य केवल वही नहीं होता। कई बार दृश्य के पीछे भी कई दृश्य होते हैं। इंसान की जैसी और जितनी क्षमता होती है, वह उसी दृश्य तक की सत्यता को देख पाता है।

छुईमुई-सी दिखाई देनेवाली कामुक स्त्री जब गिरीश घोष के साथ काली की बारह फ़ीट ऊँची मूर्ति के चरणों में उस गुप्त सामान के साथ बैठी थी, तो वह छुईमुई-सी नहीं दिख रही थी बल्कि एक ऐसी स्त्री में बदल गई, जो शायद ख़ुद भी अपनी इस हद तक की सच्चाई से कभी वाक़िफ़ नहीं थी।

– आप डरेंगी तो नहीं?

गिरीश घोष ने कामुक स्त्री से यह इसलिए पूछा कि ऐसे जादुई-टोने के अनुष्ठानों में स्त्रियाँ अक्सर घबरा जाती हैं और अनुष्ठान में बाधा आ जाती है और यह तो सावन का महीना है। इस माह में किए जाने वाले जादुई-टोने बहुत जल्दी हवा बनकर अपना काम पूरा करते हैं, अगर उनमें कोई टोक या बाधा न आए तो।

एक बार गिरीश घोष के साथ ऐसा भी हो चुका था कि एक स्त्री ने उत्साहित होकर उसकी कलाई पर दाँतों से काट खा लिया था। बहुत दिनों तक वह ज़ख़्म भरा नहीं था। अब भी उस घटना के निशान उसकी कलाई पर एक सबक़ की तरह हैं, जो उसे इस काम के दौरान मिला।

> –   नहीं। आप अपना काम शुरू कीजिए। मैं बिलकुल नहीं डरूँगी। यह आपसे मेरा वादा है।

वादा पाकर गिरीश घोष में भरोसा आ गया और उसने पंजे, चोंच और पिचकी गिलहरी को अलग-अलग मिट्टी के बर्तनों में रख दिया। फिर एक ख़ास विधि द्वारा यह अनुष्ठान लगभग सात घंटों में पूरा हुआ। इस प्रक्रिया में फूलमखाने, मेवे, गेंदा-फूल आदि तो अनिवार्य थे ही, कुरतो की परोपकारी माँ की कोई एक निशानी होना भी बहुत ज़रूरी थी।

किसी तरह कामुक स्त्री ने कुरतो के पिता से रुई का एक खिलौना मंगवा लिया था, जिसे कुरतो की परोपकारी माँ ने बनाया था। वह जादुई-टोने के लंबे अनुष्ठान में बिलकुल भी नहीं घबरा रही थी लेकिन जिस समय गिरीश घोष ने वह खिलौना सामने रखने को कहा, तो उस खिलौने की आँखें देखकर वह बुरी तरह घबरा गई। कुरतो की परोपकारी माँ आँखों के बीच दूरी का संतुलन कभी नहीं बना पाती थी और इसे देखकर ही वह अनुष्ठान में भयभीत हो रही थी।

ख़ैर, अनुष्ठान पूरा हो चुका था और प्रसाद में फूलमखाने खाए गए। इसके असर के बारे में गिरीश घोष ने यह कहा कि कल सुबह तक उसे इसका नतीजा दिख जाएगा। उसने कामुक स्त्री को यह भी हिदायत दी कि वह घर जाते ही नहाकर साफ़ कपड़े पहन ले और

अगले तीन दिनों तक घर से बाहर बिलकुल न निकले। नहीं तो वह ख़तरे में पड़ सकती है। उसने यह भी कहा कि इन तीन दिनों तक उसे अन्न का एक दाना नहीं खाना और कोई चींटा नहीं मारना है।

उसी रात कुरतो की माँ ने काजल बनाया था और इसकी मोटी लकीरें अपनी आँखों में सजाई थीं। नृत्य की भंगिमाओं द्वारा अपनी गहन यातना अपने पति को दिखाने की कोशिश की थी। क्रोध, अपमान और मोहभंग से त्रस्त उस सुंदरी ने अपना यह अंत तो कभी नहीं चुना था लेकिन कोई भला कैसे अपना सुंदर अंत चुन सकता है जबकि अंत तो ख़ुद में ही एक विध्वंस है, जो आख़िर एक धुएँ में बदल ही जाता है।

कुरतो के लिए वह रात उसके अब तक के जीवन की सबसे डरावनी रात थी जबकि वह केवल डर को सूँघ पा रहा था, देख नहीं पा रहा था। अपने घुटनों में सिर दबाए कुरतो यह सोच रहा था कि अचानक इतने सन्नाटे में घर क्यों डूब गया है, जबकि माँ तो इस समय पूजा-पाठ कर रही होती है। तभी उसे एक योद्धा चींटा उसकी तरफ़ आता हुआ दिखाई दिया।

वह बहुत ग़ौर से उस चींटे का आकार और चाल देख रहा था। वह बाक़ी चींटों से आकार में बड़ा और मंद गति से चलने वाला चींटा लग रहा था और जैसे-जैसे वह कुरतो के पास पहुँच रहा था, कुरतो ने देखा कि उसके पीछे-पीछे एक लकीर बनती जा रही है, लाल रंग की।

गुदगुदी

योद्धा चींटे के जाने के बाद उसके पीछे कई और चींटे आए। वे आकार और चाल में योद्धा चींटे की तरह नहीं थे, थोड़े छोटे और फुर्तीले थे। उन सभी के पीछे भी वैसे ही लाल रंग की लकीरें थीं लेकिन वे इतनी महीन थीं कि ऐसा लग रहा था जैसे किसी ने मकड़ी के जाले का लाल रंग में रंगा रेशा पूरे फ़र्श पर बिछा दिया हो। जबकि योद्धा चींटे के पीछे जो लकीर थी, वह इन लकीरों से ज़्यादा गाढ़ी थी। वह कुरतो के मन में आतंक पैदा कर रही थी।

उसने उन सब बारीक रेशों को बहुत ग़ौर से देखा और उस गाढ़ी लकीर का मुआयना भी बहुत ध्यान से किया। उन लकीरों के साथ चलते हुए वह ठीक उस जगह पहुँच गया, जहाँ कुरतो की परोपकारी माँ, वह सुंदर और कमनीय स्त्री फ़र्श पर मृत पड़ी थी। उसका सिर अपने शरीर से गायब था। वह सिर, जिसकी दो सुंदर आँखे थीं, जिनमें बीती रात उसने काजल की मोटी लकीर गढ़ी थी, जैसे कोई अपनी आँखों में अपनी चाह रचता है।

बिना सिर की उसकी माँ! उसने देखा कि उसकी परोपकारी माँ के पैरों में पतली-सी मोती जड़ी पायल है। उसे बहुत हैरानी हुई अपनी माँ के पैर देखकर। वे इतने सुंदर लग रहे थे जैसे आटे में घी मिलाकर नरम और गूदेदार आटा गूँथ कर उसके पैरों को बनाया गया हो। पैरों की एड़ियों में एक भी दरार नहीं थी और नाख़ून, वे गुलाबी रंग से पुते हुए थे।

इतने में उसकी नज़र अपनी माँ की गर्दन पर गई, जहाँ बहुत से चींटे जमा थे। वे उस सुंदर स्त्री के ख़ून में बेतकल्लुफ़ होकर यहाँ-वहाँ घूम रहे थे। वे चींटे रक्त पी रहे थे या रक्त के लाल रंग से आकर्षित होकर उसकी गर्दन से लिपटे हुए थे, कुछ नहीं कहा जा सकता लेकिन वे चींटे थोड़ी देर उस सुंदरी की गर्दन के आस-पास रेंग कर अलग-अलग दिशाओं की ओर जाने लगते और उनके पीछे-पीछे रक्त की बारीक धारियाँ बनती जा रही थीं, जो पूरे घर में फैलती जा रही थीं।

इस घटना के बाद कुरतो कई दिनों तक अपनी परोपकारी माँ के नर्म और मुलायम पैरों को याद करता रहा था। वह बहुत उदास, चुपचाप और सभी से दूर रहने लगा। वह उसी भिनभिनाहट में रहने लगा, जो सूक्ष्म चुप्पियों में बसी हुई थी। और एक दिन उसने अपना घर छोड़ दिया। उसने ऐसा यह सोचकर किया कि शायद उसके मन में अपने आस-पास को लेकर कई प्रश्न हैं, जिनके उत्तर वह यहाँ कभी नहीं खोज पाएगा और इस बात को भूलने के लिए उसे ख़ुद को इतना थकाना होगा कि वह इन प्रश्नों की बात ही भूल जाए। ऐसा हुआ या नहीं, इसका उत्तर तो समय के ही पास है।

जो लोग कुरतो को जानते थे उन्हें ऐसा लगता था कि कुरतो एक बेहद लापरवाह युवक है और ज़िंदगी को बहुत हल्के में ले रहा है लेकिन जो लोग उसे पहचानते थे, जैसे मश्रा, वे कुरतो की मनोदशा अच्छी तरह समझ रहे थे कि वह अस्थायी तौर पर मानसिक रूप से केवल थक गया है और उसे माहौल बदलने की ज़रूरत है।

अपने भटकते दिनों की शुरुआत में ही वह मश्रा से मिला था। जब वह एक अख़बार के दफ़्तर में नौकरी करता था। उन्हीं दिनों मश्रा उसे रोज़ ही छुट्टी के समय अपने पिता के साथ लोहे को पिघलाकर

उसे पीटने की कार्यशाला में बैठी दिखाई देती। वह दफ़्तर से जैसे ही निकलता, मश्रा ऊँची आवाज़ में बोलना चालू कर देती...

–   चाहो तो लोहे की कुंडी बनवा लो या घोड़े की नाल। दाम की परवाह मत करो, यहाँ मिलता है खरा माल।

कुरतो को देखते ही वह रोज़ यह बात ऊँची आवाज़ में बोला करती। कभी तो कुरतो ठिठककर उसकी ओर देखता, तो कभी अनदेखा कर चल देता। कुरतो के ठिठकने का उसे बड़ा आनंद आता लेकिन उसके अनदेखा करने पर वह अंदर तक कुढ़ जाती थी। बहुत देर तक उसका मिज़ाज बिगड़ा रहता।

लोग कहते कि मश्रा की आँखों में आग की परछाईं है क्योंकि वह बचपन से आग देखती आ रही है। प्रेम और निकटता के दिनों में कुरतो कई बार उस आग की परछाईं को मश्रा की आँखों में तलाशने की कोशिश करता और यह उसे दिखाई देने लगती है।

–   तुम जादुई हो मश्रा। सच में! क्या तुमने कभी किसी की आँखों में आग की परछाईं देखी है? नहीं न। तुम ही हो वो लड़की, जो ऐसा अजूबा अपनी आँखों में लिए घूम रही है।

यह सब कुरतो के जीवन को एक अलग ही रंग से रंग रहा था लेकिन रात जीवन का सब कुछ अच्छा-बुरा समेटकर चुपचाप सिरहाने रख जाती है। कुरतो भी रातों की इन चालबाज़ियों में उलझा हुआ था। वह हर रात उस अच्छे-बुरे को टटोलता, जो वह चुपचाप उसके सिरहाने रख जाती।

वह बार-बार यही सोचता है कि उस भयानक रात में पता नहीं क्या हुआ होगा? माँ को किसने मारा होगा? उसका सिर पता नहीं क्यों

धड़ से अलग किया होगा? ये सवाल उसे कभी चैन से सोने नहीं देते थे। सोते समय वह बार-बार डरकर बिस्तर से उठ जाया करता। पानी पीता, अपनी कमीज़ उतारकर पसीना पोंछता। ऐसे ही पूरी रात निकल जाती और वह ठीक से सो नहीं पाता।

रातों की तो अपनी कहानी थी लेकिन दिन भी कुछ कम नहीं बीत रहे थे उसके।

एक दिन मश्रा ने कुरतो को देखकर वही राग अलापा...

–   चाहो तो लोहे की कुंडी बनवा लो या घोड़े की नाल। दाम की परवाह मत करो, यहाँ मिलता है खरा माल।

यही एक बात सुन-सुनकर पक चुका कुरतो मौक़ा देखकर कि उसके पिता कार्यशाला में नहीं हैं, उस दिन मश्रा के पास चला ही गया और उसने मश्रा के होंठों के पास अपने होंठ ले जाकर उनपर धीमे-से फूँक मार दी और बिना कुछ बोले वहाँ से चला गया।

मश्रा देर तक स्थिर खड़ी रही, उसी जगह, उसी राग के साथ, जो वह कुरतो के सामने अलापती रहती है। उसे लगा, उसके होंठों पर अभी-अभी एक तितली आकर बैठी थी। कुरतो की फूँक का स्पर्श मश्रा के पेट में एक गुदगुदी बन गया था। उस रात मश्रा ने सोते समय पहली बार अपने पूरे शरीर को छुआ था।

चित्रकार की चीख़ और काया

खोजने पर क्या नहीं मिलता? खोजने पर तो सतरंगी सात आसमानों के पीछे छुपा ईश्वर भी मिल जाता है। लोग ऐसे ही थोड़े अपनी आस्थाओं में जीते हैं, मज़ाक में ही तो पूजा-स्थलों की परिक्रमा नहीं करते।

'कुछ' खोजने का खेल भी रहस्यों की कई परतों के बीच में से निकलकर उस 'कुछ' को अचानक सामने ले आता है लेकिन यह बहुत उलझाता है, खुली आँखों से सपने देखने को उकसाता है और सबसे बड़ी बात, यह यथार्थ की सख़्त ज़मीन पर कल्पनाओं की सुंदर बेलें बिछा देता है।

जिस रात मश्रा बेचैन होकर कुरतो और अपने बीच की दूरियों में बोली और शहर की दूरी को नाप रही थी, उसी रात वह प्रेम की कई सुंदर कल्पनाएं भी कर रही थी कि कल्पनाएं भी पुरखों की दी नेमतें होती हैं, ऐसा उसकी परदादी उसे कहा करती थी। ऐसा कहते हुए वह ख़ुद भी अपनी कल्पनाओं में खो जाती थीं और दूर काल्पनिक देशों की लड़कियों के दुखों की कहानियाँ सुनाया करतीं। वह पानी को बहुत बतियाने वाली सहेली कहतीं, तो कपड़ों को विचार मानतीं। वहीं दूध को रक्त कहतीं और आँसुओं को तमन्ना कहतीं। वह किसी भी चीज़ को वो कभी नहीं कहती, जो वो होती। कोई उनकी बात पर प्रश्न करता, तो वह मुस्कुरा देतीं। कहतीं कुछ भी नहीं।

कुरतो के साथ अपने प्रेम को महसूसने के पल को खोजते-खोजते मश्रा आख़िर उस जगह पहुँच ही गई, जहाँ से यह शुरू हुआ था। उसे वह पल, मौसम और वह फूँक याद आ गई, जो तितली की तरह उसके अनछुए होंठों पर एक पल के लिए आकर बैठ गई थी और वह बहुत देर तक जैसे थी, वैसे ही खड़ी रह गई थी। उसे लगा, पलक झपकते ही कितना कुछ बीत गया। बीत जाने में कुरतो की कितनी ही यादें जमा हो गईं और वे यादें तस्वीरें बन गईं।

उस रात सारी तस्वीरें उसकी आँखों के सामने एक-एक कर घूम रही थीं। कभी चूमने की स्निग्धता, उस स्निग्धता में छाई बेहोशी, उस बेहोशी में भी एक होश और होश में स्पर्श का दिलकश एहसास।

और शरारतें। वे कितनी मासूम और जवान शरारतें थीं, जब मश्रा ने अपने जिस्म के गुप्त गलियारे में एक काल्पनिक बिल्ली को रच लिया था। उस समय दोनों की आँखें समंदर हो गई थीं, जब कुरतो ने उस बिल्ली को चूमा था। यह काया भी जाने किस समंदर में समा जाना चाहती है। किस अम्बर में उड़ान भरना चाहती है। किस पंख के स्पर्श से अपने हर बोझ को उतार देना चाहती है।

अपने दूरी भरे दिनों पर भोली और मासूम सुबकियाँ लेने के बाद वह इतनी चुप हो गई कि अपनी सांस की आवाज़ भी उसे चुभने लगी। अपना हाथ खलने लगा और बालों से चिढ़ होने लगी। यह एक तरह का क्रोध था, जो उसकी चुप की लहरों में तैर रहा था और धीरे-धीरे किनारे पर आ गया। मश्रा फूट-फूटकर रोने लगी। रोती रही तब तक, जब तक वह रोना चाहती थी। उसकी आँखों में आग की परछाईं दहक रही थी। दहकती रही। वैसे ही, जैसे उसकी काया दहक रही थी।

वह धीमे क़दमों से बिग्नोनिया के फूलों की बेल के पास गई, उसके संतरी फूलों को सहलाने लगी। ऐसे, जैसे कुरतो के बालों में

उँगलियाँ डालकर उसकी उदास आँखों को कोई तसल्ली दे रही हो कि आँखों की उदासियाँ भी ख़ुदा की हथेलियाँ होती हैं, जिन्हें चूम लेने से एक प्रार्थना पूरी होती है।

बिग्नोनिया के फूल मश्रा को अपनी कंचन आँखों से देखने लगे। वह जितना उन्हें सहलाती, फूल उतनी की शिद्दत से उसे देखने लगते। अचानक हवा का झोंका आकर उन सब फूलों में संगीत की एक लहर बना गया और मश्रा पहले अपनी सांसों से क्षमा मांगती है कि उसे कुछ देर पहले वे चुभ रही थीं, फिर अपने हाथों को देर तक देखती रही। देखते-देखते वह इतनी भावुक हो गई कि उनमें अपना मुँह छुपाकर सुबकने लगी। वही भोली और मासूम सुबकियाँ।

सुबकते हुए उसने बड़े प्यार से बिग्नोनिया की बेल से कुछ फूल तोड़ने की इजाज़त ली और मख़मली हाथों से उन्हें ऐसे तोड़ा कि एक फूल टूटने की ख़बर दूसरे फूल को भी नहीं लगी। उसने वे फूल अपनी गूँथी चोटी में एक के नीचे एक लगा लिए और हवा के झोंकों को महसूस करने लगी।

घर में सब सो चुके थे। मश्रा ही थी जिसकी कनपटियों के आस-पास नींद का एक टुकड़ा भी नहीं फटक रहा था। उसकी आँखें बिग्नोनिया के फूलों की कंचन आँखों से मीठी-मीठी, मस्ती भरी शरारतें कर रही थीं। देह की शरारत की भी अपनी मनमर्ज़ी होती है और इन्हीं मनमर्ज़ियों में वह अपने अंगूठे से अपने होंठ ऐसे सहलाने लगी, जैसे कुरतो ने सहलाए थे। उसे एक मीठी आपदा का एहसास हुआ। एक ऐसी आपदा, जो उसपर टूट पड़ना चाहती हो।

वह रात शायद महसूसने के खेल के लिए ही बनी थी। खेल, जिसमें याद, स्पर्श, क्रोध और कल्पनाएँ थीं। जिसमें जिस्म तो थे लेकिन दूर,

एक-दूसरे से बहुत दूर। जिसमें स्पर्श तो था लेकिन वह ऐसी धुन बना हुआ था जिसकी ध्वनि उसके जिस्म पर रेंग रही थी। वह ध्वनि जहाँ-जहाँ रेंगती, मश्रा उसे अपनी मुट्ठी में पकड़ने की कोशिश करती लेकिन वह धुन जिस्म के किसी और हिस्से पर रेंगते हुए पहुँच जाती। उसे क्रोध आ जाता। तो कल्पनाएं ही थीं, जो उसका पीछा नहीं छोड़ रही थीं।

वह बिग्रोनिया की बेल से लिपटती जा रही थी या यह बिग्रोनिया की बेल ही थी, जो मश्रा को ख़ुद में समेट रही थी, कौन जाने कि तभी वह मीठी आपदा आख़िर उसपर टूट ही पड़ी। मश्रा ने अपनी गूँथी चोटी खोल दी। उसमें लगे बिग्रोनिया के फूल उसके शरीर से टकराते हुए पैरों के पास गिर गए। फिर उसने अपनी लंबी पोशाक से अपना जिस्म बाहर निकाल दिया और बिग्रोनिया की बेल से लिपटने लगी। एक सुंदर और नग्न शरीर बिग्रोनिया की बेल में लिपटा ऐसे लग रहा था जैसे किसी चित्रकार की चीख़ हो। उसके लिए एक सुंदर जिस्म को कैनवस पर उतार देने के असीम आनंद के क्षण हों।

मश्रा एक चरम पर आ चुकी थी। उसकी सुंदर आँखें बंद थीं। वह अपने शरीर को उसी तरह छू रही थी, जैसे उसने कुरतो द्वारा उसे छूने की कल्पना की थी। चरम के उन्हीं क्षणों में अचानक एक धीमी गुनगुनाहट उसके कानों के पास आकर दस्तक देने लगी। उसे लगा कि यह गुनगुनाहट जानी-पहचानी है। उसने स्तब्ध होकर अपनी आँखें खोलीं, तो देखा कि ईसाइयों का वही जुलूस उसके सामने से गुज़र रहा है और लकड़ी के पहियों वाली रथनुमा गाड़ी पर पादरी अपने एक हाथ में काठ का गिलास और दूसरे में बाइबल लिए खड़ा उसे देख रहा है।

तमन्नाओं के जिस्म

वह पानी को बहुत बतियाने वाली सहेली कहतीं, तो कपड़ों को विचार मानतीं। वहीं दूध को रक्त कहतीं और आँसुओं को तमन्ना कहतीं। वह किसी भी चीज़ को वो कभी नहीं कहतीं, जो वो होती। कोई उनकी बात पर कोई प्रश्न करता, तो वह मुस्कुरा देतीं। कहतीं कुछ भी नहीं।

उम्र के साथ आने वाली कसौटियों को अपने संघर्ष में बदलने के बावजूद उनके झुर्रीदार चेहरे पर एक संतुष्ट और भरी-पूरी आभा दमकती रहती थी। उन्होंने कसौटियों को कभी चुनौती नहीं माना बल्कि कौड़ियों को उछालकर उन्हें एक ऊँचाई से लपकने वाले खेल की तरह माना। जितनी कौड़ियाँ लपक ली जातीं, कसौटियों के घेरे में वह ख़ुद को उतना ही दृढ़ और खरा पातीं।

मश्रा की परदादी होने की उम्र और ओहदे तक आने से पहले वह मश्रा की ही तरह एक ही जीवन में सब पा लेने की ख्वाहिश रखने वाली और जीवन में मिलने वाली सारी जिज्ञासाओं को समझ लेने वाली एक शालीन स्त्री थीं। वह जब किसी से बात करतीं, तो उनकी आँखों में पूरी गहराई भर आती। ऐसी गहराई, जो पानी के गहरे तल पर महसूस होती है।

उन्हें चुप रहना अच्छा लगता था बल्कि चुप रहने से भी ज़्यादा अच्छा उन्हें लगता था अपने गाँव के बाहरी इलाक़े में बहती नदी के गहरे पानी में गोता लगाना। जब वह पानी के गहरे तल पर होतीं,

तो तैरते हुए मुस्कुराने लगतीं। पानी के भीतर मुस्कुराहट। शायद वह उनकी सबसे सच्ची मुस्कुराहट होती थी। रंग, गंध, स्पर्श और दुनियादारी से मुक्त एक पारदर्शी मुस्कुराहट।

उन्हें ऐसा लगता था कि पानी के भीतर की मुस्कुराहट के अर्थ गहरे होते हैं और हमें उससे जोड़ देते हैं, जिन्हें हम दिल की गहराइयों से प्यार करते हैं। उनके व्यक्तित्व में जो ठहराव था, वह शायद इसी वजह से था। वह अक्सर मश्रा से यह भी कहतीं -

–   खुले आसमान के नीचे सोने से परिवार के पुरखे ख़ुश होते हैं और आशीर्वाद में वे कल्पनाएं बनाने की कला देते हैं, जो जीवन के लिए बहुत उपयोगी होती हैं।

पहले पहल तो यह बात मश्रा को बेहद मामूली लगती थी लेकिन बार-बार यही बात सुनते हुए उसे एहसास हुआ कि दरअसल इस बात के पीछे कोई दूसरी ही बात है। क्योंकि मश्रा की परदादी जो कहना चाहती थीं, वह उसे कभी वैसा नहीं कहती थीं बल्कि किसी और तरह, किसी और रूप-रंग में उसे दूसरों के सामने रखतीं।

कभी तो ऐसा लगता था कि वह संसार को उल्टी होकर देखती हैं लेकिन गहराई से पड़ताल करने पर लगता कि संसार ही ने अपनी दिशा को उस ओर मोड़ लिया है, जहाँ दुनिया विकृतियों की खूटियों पर टंगी हुई है। जहाँ सच को सच कहना अपराध माना जाता है और विरोध करने वाले को सज़ा दी जाती है।

घर की छत उन दोनों की बेहद प्रिय जगह हुआ करती थी। जब भी वे दोनों छत पर होतीं, वह मश्रा से लाड़ करतीं। उसके बालों में तेल लगातीं, चोटी गूँथतीं और तरह-तरह के व्यंजनों की विधियाँ मश्रा की कच्ची उम्र को सौंपा करतीं।

एक दिन वह छत पर बिलकुल अकेली बैठी थीं। मश्रा उनके पास आकर चटाई पर लेट गई और उस ओर देखने लगी, जहाँ उसकी परदादी देख रही थीं। लेकिन वह शायद कहीं नहीं देख रही थीं। वह अपने अन्दर की दुनिया में खोई थीं और यह अकेलापन भी सिर्फ़ देखने वालों के लिए था। दरअसल वह अकेली थीं ही नहीं।

हालाँकि उन्हें मश्रा के अपने क़रीब होने का एहसास हो गया था, तो भी उन्होंने मश्रा को एक नज़र देखा और मुस्कुराते हुए उससे बोलीं -

    – मश्रा, तुमने एक बार मुझसे पूछा था कि मैं अपने सिर को हमेशा कपड़े से बाँधकर क्यों रखती हूँ और मैंने कहा था कि मेरे सिर में एक गुमटी है इसलिए। है न! याद है क्या तुम्हें?

    – हाँ माँ (मश्रा उन्हें माँ कहकर पुकारती), यह बात तो मुझे याद है।

और मुँह छुपाकर शर्माति हुए उसकी घिग्घी बंधने लगी, जैसे कोई चोरी पकड़ी गई हो।

    – माँ, एक दिन तुम्हारे सोते में मैंने वह गुमटी देख ली थी।

यह सुनते ही उनकी आँखें गहरे अचंभे से फैल गईं लेकिन अगले ही पल वह घोर उदासी में घिर आईं और मश्रा से थोड़ी शिकायती, बूढ़ी आवाज़ और भरे गले से बोलीं -

    – तुम्हें क्या ज़रूरत थी मेरे उस अपनेपन के कुँए में झाँकने की? आज मैं ख़ुद तुम्हें अपने जीवन के सबसे सुंदर दिनों, अपनी तमन्नाओं के जिस्म से मिलाने वाली थी लेकिन जब किसी व्यक्तिगत एहसास के धागों को चुपके से टटोल

लिया गया हो, तो वे उलझ जाते हैं और यह एक क़िस्म की हत्या है। एक गुप्त और निजी एहसास की संपत्ति की हत्या।

मश्रा, जिसकी घिग्घी तो बंधी ही हुई थी, अब वह भी अपनी परदादी को निराश और उदास देखकर अपनी की गई ग़लती के लिए ख़ुद को कोसने लगी। उसने उस सब को एक मज़ाक की तरह लिया था। पीठ पीछे किया गया एक मज़ाक, जिसका पता केवल उसी व्यक्ति को नहीं चलता, जो ख़ुद इस निशाने पर होता है।

उसी समय मश्रा की परदादी ने आसमान में चार सितारे एक साथ, बहुत पास-पास देखे और उनके निराश चेहरे पर रात के जुगनू रोशन होने लगे। वह कहीं से भी नया होना सीख चुकी थीं। उन्होंने मश्रा की ठोड़ी को अपनी अनुभवी उँगलियों की थपथपाहट से हल्का-सा आश्वासन दिया और कहा -

–   जीवन में छोटे-छोटे पश्चाताप करते रहने से किसी बड़े पश्चाताप की नौबत से बचा जा सकता है। आओ, सब भूल जाएँ। इस पल की एक नई शुरुआत करते हैं और मैं तुम्हें अपने जीवन के सबसे सुंदर दिनों की यादों के उस जिस्म के पास ले जाती हूँ, जिसकी तमन्नाएँ आज भी मुझे सिहरा देती हैं।

मश्रा फ़ौरन उठ खड़ी होती है और अपनी परदादी के कंधे पर अपना सिर रखकर उन चार सितारों को निहारने लगती है, जिन्हें देखकर उसकी परदादी अभी कुछ देर पहले नई हो गई थीं।

नीला आईना

कुरतो बहुत देर तक उसी जगह खड़ा रहा।

बहुत देर बाद जब उसने आँखें खोलीं, तो देखा कि दुकान के सभी आईनों पर धूप धीमी दस्तक के साथ लिपटती जा रही है। हर आईना जैसे लम्बी नींद के बाद जाग गया है। आईनों की दुकान अपनी अप्रत्याशित ख़ामोशी और स्थिर रह पाने की कला से जैसे कुरतो का परिचय करा रही हो। सब कुछ ऐसे लग रहा था, जैसे किसी और छोर पर टंगा समय का एक टुकड़ा हो जबकि इसके पीछे कुछ और घटनाएँ घट रही हों और वह भी किसी और छोर पर टंगे समय के टुकड़े पर।

आईनों के लंबे गलियारे को पार कर कुरतो दुकान के दक्षिणी हिस्से में आ गया और वहाँ खड़े हुए उसने देखा कि दुकान का सबसे बड़ा, सुंदर और वैभवशाली आईना यहीं इसी कोने में है, जिसके किनारे पर काँसे की घुमावदार पत्तियाँ कुछ इस तरह से एक-दूसरे से जुड़ रही हैं, जैसे एक पत्ती का दूसरी पत्ती से कोई रहस्यमयी उपहास चल रहा हो और आईने का पत्तियों से ढका हुआ किनारा गहरे नीले रंग से रंगा हुआ था।

नीला आईना अपने में ऊँचे पहाड़ों का विशाल वैभव, किसी भी स्थिति में आहत होने से मुक्त शुद्ध अहम और आत्मसम्मान के साथ उस शांत दक्षिणी हिस्से में, बाक़ी सब आईनों से हल्की-सी दूरी बनाकर खड़ा था।

आकार में अंडाकार और कुरतो की ऊँचाई को पार करता हुआ उस आईने का पेट एक विशाल ग्रह-सा लग रहा था, जैसे इसमें कई सभ्यताएँ समाई होंगी। कई आसमान और समंदरों का यह मालिक होगा। विशाल जंगलों और अनगिनत पशु-पक्षियों का यह शरणस्थल होगा।

एक मज़बूत मगर ततेरी हुई दृष्टि से कुरतो ने अपनी लंबाई से लंबे आईने को एक ही पल में अपने दिल में उतार लिया। यह उतना हास्यास्पद नहीं था, जितना यह ज़ाहिर करना कि अपने विशाल आकार और वैभव में उस आईने ने अपने दम्भ को छुपा रखा था और उसमें अपना प्रतिबिम्ब देखने वाला ख़ुद कभी भी आईने का हो सकता था।

दुकान का यह हिस्सा हवादार और काफ़ी खुला-सा था। उसने देखा, इस नीले आईने के आस-पास कोई भी आईना नहीं रखा गया है। वह मुग्ध नौजवान अपनी इच्छा का पूरी सद्भावना से पीछा करते हुए आईने के थोड़ा और क़रीब आ गया।

कुरतो ने मन ही मन उस आईने के क़रीब होने के लिए एक आशा की तितली का निर्माण किया। उसने आशा में भीगी तितली से प्रार्थना की कि वह उस आईने को जब छुए, तो आसमान से बिजली न गिरे, न ही कोई कुत्ता भौंके और न ही उसे कोई देवदूत आँख मारकर उसे इसे छूने से रोकने की कोशिश करे।

वह उस आईने को छूकर उसके किनारे बनी पत्तियों के नीले रंग की परत का मुआयना करना चाहता था। वह इस बात का भी अनुमान लगाना चाहता था कि यह आईना कितना पुराना होगा। जैसे ही उस तितली ने कुरतो को आईने को स्पर्श करने का संकेत दिया, कुरतो ने उस संकेत का पीछा करते हुए आईने को धीरे-

से अपनी काँपती उँगलियों से छू लिया। उसके शरीर में कंपन की एक लहर दौड़ उठी। ख़ुद को संभालते हुए उसने सोचा कि ज़रूर यह उसके मन का डर है, जो उसके मालिक की हिदायत के साथ उसके भीतर कंपन पैदा कर रहा है। फिर भी नौकरी के पहले ही दिन में इतनी मनमानी कर लेना उसे ज़्यादा हास्यास्पद नही लगा।

लेकिन इसके बाद हालात अपनी नाजुक अवस्था में आ जाएंगे, यह सोचकर वह पीछे मुड़ा और क़दम नापते हुए दरवाज़े के पास रखी बेंत की कुर्सी की ओर लौट आया। अपना बैग खोलकर उसने पानी की बोतल निकाली और बुखार की गोली को पानी की घूँटों के साथ निगल गया।

इस नई नौकरी के पहले दिन, कुरतो के रहते लेकिन बिना उसके छुए आईने धूल के कणों से मुक्त रहे और मौसम में से भी ताप का आतंक निकल चुका था। हल्की सर्द मंजरियाँ सितम्बर के जूते पहनकर नई ऋतु के वृक्षों पर मीठी दस्तक दे रही थीं। कुछ स्लेटी-संतरी गहरे बादल पूरे शहर का चक्कर लगाते और जहाँ मन होता वहीं बरस जाते या अपनी फुहारों की शोखी से चंचल पंछियों के मन की धुन बन जाते।

ऐसे मौसम में गाजर, आलू और मटर की फलियों को कोयले की आँच में भूनकर खाना उसका शगल था। उसने जल्दी से अपने बैग में से डब्बा निकाला और मक्खन लगी लहसुनी ब्रेड खाने लगा। उसने सोचा कि अगर कहीं आस-पास ताज़ी भुनी हुई कॉफ़ी का एक मग मिल जाता, तो इस नाश्ते के बाद दोपहर के भोजन की परवाह किसे होती? लेकिन नौकरी के पहले दिन ही उसे अपने पास बचे रुपयों का हिसाब लगाना पड़ा।

जैसे-जैसे धूप के नर्म टुकड़े दुकान के शीशों को अपना गुनगुना स्पर्श देते हुए आईनों पर गिरने लगे थे, कुरतो को अपनी बायीं आँख के ठीक नीचे एक दबाव महसूस होने लगा। उसने सोचा यह शायद धूप के कारण है और धूप थी कि पूरी शाइस्तगी से उसके चेहरे पर सोने के चमकीले तार फैला रही थी लेकिन अचानक उसे ऐसा लगा कि जैसे उसने कुछ नहीं देखा, न कुछ जानबूझकर अनदेखा छोड़ा था। यह न देख पाने की प्रवृत्ति भी नहीं थी लेकिन कुछ तो ज़रूर हुआ था उस क्षण।

बुखार की दवा खाने के बाद भी यह पूरी तरह से उसे अपनी गिरफ़्त में ले चुका था। उसके जीवन की बीती सब बातें उससे अलग होकर दूर जाने लगीं और कुरतो के भीतर अब इतनी भी इच्छा नहीं बची रह सकी कि वह उस दुकान के मालिक की दी किसी भी हिदायत को मानने के लिए ख़ुद को बाध्य कर सकता।

उसके क़दम अपनी तेज़ी पाकर लगभग दौड़ते हुए पूरी दुकान को पारकर फिर उस दक्षिणी हिस्से में आ गए, जहाँ नीला आईना अपनी योग्यता में झीना-झीना इतरा रहा था। बुखार की खुराफ़ात उसके दिमाग़ में हलचल कर रही थी। उसे अपनी बायीं आँख के नीचे हल्का दबाव तो महसूस हो ही रहा था, जो अब बढ़ने लगा था।

आईने को शिद्दत से देखते-देखते उसे लगा कि आईना ज़मीन से हल्का-सा ऊपर उठा हुआ है और हवा में तैर रहा है। वह आईने के पास गया और उसमें अपना चेहरा देखा। उसने देखा, एक सफ़ेद चकत्ता ठीक उसी जगह उग आया है, जहाँ उसे थोड़ी देर पहले दबाव महसूस हो रहा था। उसे लगा यह तो उसका चेहरा नहीं है।

इसी बीच नीले आईने ने कुरतो में इच्छा का एक बीज रोप दिया और वह अपने अब तक के जीवन को भूलने लगा, जैसे कई बार जीवन अपने ही अधूरे स्वप्नों का शिकार हो जाता है।

मालिक से मिली दुकान की चाभी को उसने आईने की बेलनुमा नक्काशी को सौंप दिया और हवा में तैरते नीले आईने के भीतर प्रवेश कर लिया।

वारदात

किसी 'अन्य' में प्रवेश करना एक कठिन और दुःसाहसिक क्रिया है। वह भी ऐसा 'अन्य' जो क्षणिक महसूस हुआ, जिसने भ्रम और माया के सह-अस्तित्व का प्रश्न कुरतो के सामने रख दिया।

कुरतो ने उस विशाल और वैभवशाली आईने में प्रवेश तो कर लिया लेकिन उसका शरीर तेज़ बुख़ार में तप रहा था। बुख़ार के कारण उसे दोहरी आकृतियाँ नज़र आ रही थीं। वहीं दुकान के बाक़ी सभी आईनों की देह में भी हलचल होने लगी, जैसे किसी ने उन्हें गुदगुदा दिया हो और वे भी लहराते हुए हवा में ज़रा-ज़रा उठने लगे।

आईनों की पूरी दुकान ही अचानक एक वैभव और ख़ुशनुमा रहस्य से भर गई, जैसे अभी यहाँ किसी महान संगीतकार का संगीत सुनाई देने लगेगा और सफ़ेद चेहरों, लाल होंठों वाले देवदूत, चमकते काले बालों वाले घोड़ों पर बैठकर आएंगे और समूह में खड़े होकर उस संगीत पर बेपनाह ख़ुशी से आँसू बहाने लगेंगे।

कुरतो ने अभी आईने में प्रवेश किया ही था कि उसका मालिक भी दुकान में आ गया। उसने बुख़ार से पीले हुए कुरतो के वहाँ होने न होने की परवाह किए बिना दुकान की एक और चाबी काउंटर से उठाई और सीधे दुकान के दक्षिणी हिस्से में सबसे अलग खड़े वैभवशाली नीले आईने की तरफ़ बढ़ने लगा।

वह न तो युवा था, न ही उम्रदराज़। वह ऐसा दिखाई दे रहा था, जैसे बीच की उम्र का एक गंभीर व्यक्ति हो। उसके सिर के सारे काले बालों में कोई दो-चार बाल चाँदी की तरह चमक रहे थे और उसकी छोटी आँखों पर नज़र का चश्मा था। लहराते हुए आईनों की दुकान में वह रोज़ अकेला ही होता। वह लोगों द्वारा इस दुकान के कुछ अजीब होने की बात से ज़रा भी परेशान नहीं था और रोज़, बेनागा, बिना किसी की परवाह किए अपनी दुकान में आया करता। चाहे कोई आईना बिके या न बिके।

वह दुकान के उस हिस्से में पहुँच चुका था, जहाँ नीला आईना अपनी योग्यता में झीना-झीना इतरा रहा था। गंभीर मुखमुद्रा के साथ उसने आईने में अपना प्रतिबिम्ब देखा और मुस्कुरा दिया, जैसे यह आईने और दुकान के मालिक का कोई आपसी गुप्त कोड हो जिसके बिना आगे की कार्यवाही संभव न हो। उस गुप्त कोड यानी मुस्कुराहट के बाद नीला आईना अपने चारों तरफ़ एक लहर बनाने लगता है, जैसी ठहरे पानी में बनती है और उसे पूरी तन्मयता से अपने भीतर लेने लगता है।

'अन्य' में प्रवेश की एक और वारदात।

यह दृश्य किसी को भी सहमा सकता था लेकिन सौभाग्य से उस दुकान में उन दोनों के अलावा कोई था ही नहीं बल्कि कुरतो भी नहीं था। अब अकेला इंसान, जो ख़ुद इस वारदात का साक्षी हो, जो ख़ुद कहानी में कहानी रच रहा हो उसे भला कैसे कोई हरकत सहमा सकती है। यह इतनी तेज़ी और स्पष्टता से हुआ कि आईने के भीतर खड़े कुरतो की बुख़ार से जलती आँखों ने जितनी फुर्ती से इस दृश्य को अपनी दोहरी दृष्टि से देखा, उसे पलक झपकते भूल भी गया। जैसे कुछ होने का भ्रम भर हुआ हो। एक उड़ता हुआ

ख़याल हो। कुरतो ने वास्तविकता में इस 'हुए' को टाल दिया और बेपरवाही ओढ़ ली।

जो कुछ भी हो रहा था, वह उसे होने दे रहा था और जो कुछ भी होने की संभावना बन रही थी, वह उसे नष्ट नहीं करना चाहता था। शायद उस भय ने उसका पीछा कभी छोड़ा ही नहीं था, जिसकी भिनभिनाहट को कभी वह ज़बरदस्ती अनसुना कर देता था और वे प्रश्न, जिनसे भागकर वह अनजान शहरों और लोगों की भीड़ में खो जाया करता, वे भी उसके सामने अपने उत्तरों के साथ आना चाहते थे।

दुकान धूप से अब पूरी तरह भर चुकी थी और उसी तरह सन्नाटे के ज़लज़ले में थी, जैसे हमेशा ही होती। यह दुकान एक ऐसी जगह की तरह दिखाई देती थी, जैसे इसे पूरे समाज ने त्याग दिया हो। यहाँ किसी के ग़लती से भी आ जाने पर उसपर उँगलियाँ उठाई जाती हों। उसे किसी और त्यागी गई दुनिया का इंसान मान लिया गया हो।

उधर कुरतो ने ग़ौर किया कि नीले आईने के भीतर बहुत सारी परछाइयाँ चहलक़दमी करती दिखाई दे रही हैं। वे परछाइयाँ कुरतो से बहुत दूर थीं, जैसे कुरतो एक अलग आयाम में अलग सूत्रों के हवाले से यहाँ का नागरिक अभी-अभी बना हो।

कुरतो को यह देख कोई आश्चर्य नहीं हुआ कि दुकान का मालिक भी वहाँ आईने के भीतर प्रवेश कर चुका था लेकिन उसने देखा कि उसके मालिक की बायीं आँख के नीचे ठीक वैसा ही सफ़ेद चकत्ता है, जैसा उसकी आँख के नीचे अचानक बन आया है और मालिक ने भी कुरतो के चेहरे के सफ़ेद चकत्ते को देखकर मुस्कुरा दिया। यह सब ऐसे घटा जैसे इसके घटने में मुस्कुराने का वही गुप्त कोड

इस्तेमाल किया गया हो, जो दुकान के मालिक ने आईने में प्रवेश करने के लिए इस्तेमाल किया था।

यह बिना हैरानी का एक साझा स्वागत जैसा लग रहा था, जो नीले आईने द्वारा कुरतो और उसके मालिक दोनों का हो रहा हो। यह एक ऐसा प्रदर्शन भी था, जहाँ कुरतो और उसके मालिक को बराबरी के स्वीकार भाव से सराबोर कर दिया गया हो और जिसे वे दोनों बहुत अच्छे से जान रहे हों।

वे दोनों एक साथ उस दुनिया की तरफ़ अपनी दृष्टि करते हैं, जहाँ अभी-अभी उन्होंने प्रवेश किया है। वे देखते हैं कि यह दुनिया बिलकुल वैसे ही है, जैसा उसे होना चाहिए, जैसी वह हो सकती है। यहाँ खिली हुई धूप है, रसदार बादल हैं, पानी है, हवा, पंछी और हरे-भरे वृक्ष हैं।

यह सब देखकर वे फिर से एक-दूसरे की तरफ़ देखते हैं। इस देखने में कहीं कोई आश्चर्य नहीं था, न कोई योजना थी, न ही कोई संदेह था और उन दोनों में से किसी को यह तक भी नहीं मालूम था कि आख़िर वे यहाँ हैं क्यों?

ऐसा लग रहा था कि जैसे वे अपनी किसी आंतरिकता की ऐन्द्रिकता का पीछा कर रहे हैं और वह ऐन्द्रिकता इतनी सपाट थी कि उसपर से होश के सारे तिनके फिसलकर गिरते जा रहे थे। वे आईने की दुनिया में शामिल होने के लिए उसी की ओर जा रहे थे और नीला आईना जाते हुए दो लोगों की पीठ देख रहा था।

सुरमई कौवों की कंपकंपी

वह दृश्य एक बाज़ार जैसा दिखाई दे रहा था। सड़क के दोनों ओर सब्ज़ियों, फलों और कच्चे घड़ों की दुकानें सजी हुई थीं और कुछ किनारों के भिंचे कोनों में बंद पिंजरों में तोते लिए कुछ ठरकी बूढ़े भी बैठे दिखाई दे रहे थे।

जीवन की ढलती बेला में ख़ाली बैठे बूढ़े अपने ऊँचे ठहाकों से राहगीरों का दिल दहला रहे थे। वे इतने ख़ाली थे कि उन्होंने दोपहर की छुटपुट अलबेली झपकियों के लिए वहीं एक लकड़ी का तख़्त लगा रखा था। उस तख़्त पर आधे पसरे और आधे इधर-उधर पड़े हर्षित बूढ़ों के उल्लास से बिजली की तारों पर पंक्तियों में सुस्ताते-बतियाते सुरमई कौवों की भी कंपकंपी छूट रही थी।

आस-पास की सूखीं नालियों के छिद्रों में बसे गृहस्थ चूहे उनकी गरजती हँसी से डरे अपने बच्चों को सीने से चिपकाए तब तक बैठे रहते, जब तक वे ठरकी बूढ़े अपना साज़ोसामान लेकर अपने घरों को लौट न जाते। ठरकी बूढ़ों से भरे ऐसे कोने, जो जीवन की कठिनाइयों को ठेंगा दिखा दें, जगह-जगह थे। कुरतो और उसका मालिक यह सब देखकर चलते जा रहे थे। यह देखते हुए उनकी चाल इतनी धीमी थी कि पृथ्वी का सबसे धीमा प्राणी भी अपना सिर खुजा ले।

चहलक़दमी करती परछाइयाँ अब स्पष्ट होकर इंसानों (जैसे) के रूप में दिखाई देने लगी थीं। कुरतो और उसके मालिक ने अब

तक उन सभी बातों से मुक्ति पा ली थी, जिन्हें लेकर वे चले थे। उनके भाव उनमें लौटने लगे और अब वे आईने की दुनिया में ख़ुद को ऐसे देख पा रहे थे जैसे किसी भंवर में हों। उन्हें किस दिशा जाना है, इसका उन्हें कोई अनुमान नहीं था। वे बस चलते जा रहे थे। चलते-चलते उन्होंने देखा कि आदमी और औरतें मोटे कपड़े की भारी-भरकम पोशाकें पहने हुए थे। सभी के चेहरे (ठरकी बूढ़ों के अलावा) गंभीर और भौंहे तीर की तरह उठी हुई थीं।

एक सामान्य जीवन में सामान्य लोग वही सब सामान्य कार्य कर रहे थे, जो आईने के दूसरी तरफ़ की दुनिया के लोग करते थे। इस ओर की दुनिया में भी मज़दूर और मज़दूरी के वही नियम दिखाई दिए, जो उस ओर थे। वे पंक्तिबद्ध होकर सामान की गाड़ी से लकड़ी के बक्से उतार रहे थे। विचित्र भंगिमाओं के साथ वे मेहनतकश जातीय पीड़ा का प्रतिनिधित्व कर रहे थे। उनके चेहरे बुझे-से, अवसादग्रस्त और थकान से लटके हुए थे। कुरतो ने यह भी देखा कि उन सभी के सिर बहुत बड़े आकार के थे, शायद ज़रूरत से ज़्यादा, जो ढके हुए थे और यही वह पहली बात थी, जो उसे उन दोनों दुनियाओं का अंतर समझा रही थी।

कीचड़ के टुकड़े अपनी दुर्गंध भरी लिसलिसाहट में लिथड़े हुए जगह-जगह पड़े थे। राहगीरों को इससे कोई फ़र्क़ नहीं पड़ रहा था कि उनके जूते और कई जगहों से कतरी हुई लंबी पोशाकों का निचला किनारा कीचड़ में सन रहा है और वह लिसलिसाहट पूरी सड़क से घिसटती हुई उनके साथ चल रही है।

कुरतो और उसका नया बना मालिक एक-दूसरे से थोड़ी-थोड़ी दूरी पर चल रहे थे। कुरतो कुछ हैरान था क्योंकि आईने के भीतर की दुनिया उसके लिए नई थी लेकिन उसका मालिक बेफ़िक्र क़दमों के साथ चल रहा था। कुरतो समझ चुका था कि कुछ ऐसा

तो ज़रूर है यहाँ, जो दबे पाँव नज़र आने का खेल खेल रहा है, जैसे कोई मसखरा अपनी कुटिल मुस्कान और धूर्त कुलबुलाहट के साथ कई गेंदों को एक साथ उछालकर दिखाते हुए लोगों को यह महसूस कराता है कि यह एक जादुई है जबकि होता है अभ्यास।

एक अभ्यस्त हथकंडे को रूमानियत से भरकर पेश करना ऐसे ही है जैसे छल को तालियों की गड़गड़ाहट और विश्वासघाती मुस्कान के साथ हाज़िर करना।

कुरतो अब बाज़ार के बिलकुल बीच में था, लोगों के काफ़ी निकट। बाज़ार में लोगों की भीड़ कहीं पर सभ्य थी, तो कहीं पर उसे स्तब्ध कर रही थी। बाज़ार देखते हुए वह हर चीज़ को बड़े ध्यान से देख रहा था। वह सोच रहा था कि किसी छोटी से छोटी चीज़ को भी नज़र से दूर नहीं जाने देना है कि तभी उसकी नज़र एक अनोखे फल पर गई। वह उस दुकान पर गया, जहाँ वह फल टोकरी में सबसे ऊपर रखा था। वह पास जाकर उस फल को देखने लगा। उसे वह मुर्गी के सिर की तरह दिखाई दिया, जो कि आकार में काफ़ी बड़ा था लेकिन जैसे ही उसने उस फल को छुआ, वह एक जालीदार गोल बड़े-से टुकड़े में बदल गया, जिसकी सतह पर छोटे-छोटे काली मिर्च जैसे दाने चिपके हुए थे।

कुरतो ने जिज्ञासावश उस फल का नाम जानने के लिए दुकानदार की ओर देखा, तो हड़बड़ाहट से दो क़दम पीछे हो गया। उसने देखा कि वह दुकानदार एक परिपक्व स्त्री है और बड़े मन से फल बेच रही है लेकिन उसके बालों में एक बिल्ली बैठी हुई है। बिल्ली उसके बालों में इस तरह समाई हुई है, जैसे वह और उस स्त्री के बाल एक केशसज्जा हों।

बिल्ली के कारण स्त्री की केशसज्जा का आकार उसके चेहरे से भी बड़ा हो गया था। कुरतो ने झिझकते हुए उस फल की क़ीमत,

नाम और उसे किस तरह खाना है वग़ैरह प्रश्न पूछे, तो उस स्त्री ने सिर को झुकाते हुए एक ख़ास मगर विचित्र तरीक़े से उसे बताया कि यह कायांतरण फल है और चर्म-रोगियों के लिए यह बहुत उपयोगी होता है।

बिल्ली की केशसज्जा वाली स्त्री ने यह भी बताया कि इसे पश्चिम के घने जंगल से लाया जाता है। कुरतो द्वारा क़ीमत के बारे में पूछने पर उस स्त्री ने कुरतो की क़मीज़ से एक टुकड़ा पास रखी कैंची से कतर लिया और दूसरे ग्राहकों द्वारा किए जाने वाले मोल-भाव में उलझ गई। कुरतो यह देखकर बहुत हैरान हो गया कि वह फलों की क़ीमत सभी ग्राहकों की पोशाकें कैंची से कतर कर हासिल कर रही है।

कुरतो और उसका मालिक आपस में कुछ दूरी बनाकर चल रहे थे लेकिन फलों की दुकान पर खड़े हुए उसे समय का अनुमान नहीं हुआ और उसका मालिक पता नहीं कहाँ चला गया। कुरतो ने अपने मालिक को खोजते हुए बाज़ार का एक चक्कर लगाया, दूर तक उसे देखने की कोशिश की लेकिन वह उसे कहीं दिखाई नहीं दिया। खोजते हुए रास्ते भर में उसे जितने भी स्त्री और पुरुष दिखाई दिए उनमें किसी के सिर पर उल्लू था, तो किसी के सिर पर चमगादड़ या फिर गिलहरी या एक मेंढक और वे सभी केशों में ऐसे बैठे थे, जैसे वे ही उन इंसानों का सत्य हों।

सुरमई कौवे अब भी बिजली की तारों पर बैठे सुस्ता-बतिया रहे थे। बीच में कभी ठरकी बूढ़ों की जालसाज़ हँसी का ठहाका फूट पड़ता, तो वे नन्ही-सी उछाल के साथ कंपकंपा जाते।

बहत्तर सीढ़ियाँ

कौवे अपनी कर्कश काँव-काँव के साथ मश्रा और उसकी परदादी के सिर के ऊपर से उड़ान भरते हुए आसमान की गहराई में गायब हो गए। उनकी आवाज़ कानों में इतनी चुभ रही थी कि जहाँ से भी वे गुज़रते, लोग उनपर गरजते हुए नाक सिकोड़ने लगते और उन्हें यहाँ से हमेशा के लिए चले जाने को कहते। कौवे तब भी अपनी कर्कश काँव-काँव को हर जगह, हर गली-नुक्कड़ और बिजली की तारों पर बरसाते हुए मस्त उड़ान भर रहे थे।

यह शाम का समय था और तारे आसमान में चाँदी के नन्हे मोतियों की तरह चमक रहे थे। मश्रा की परदादी ने उन तारों को देखकर एक लंबी सांस भरते हुए अपनी आँखें एक स्मृति से भरकर मूंद लीं। आँखे मूंदे हुए ही उन्होंने अपने सिर पर बँधे कपड़े की गाँठ खोल दी और मश्रा के सामने उसे चटाई पर रखते हुए बोलीं -

– उसी ने मुझे तैरना सिखाया था। वही मुझे गहरे पानी में ले जाता था और देर तक सांस रोकने के बारे में कहता था कि तुम्हारी सांसों पर तुम्हारा ही नियंत्रण होना चाहिए, ख़ासतौर पर पानी के अंदर।

मश्रा उन्हें टकटकी लगाए देख और सुन रही थी। उसका मन हुआ कि बात की शुरुआत में ही वह अपनी पलकें झपक ले, गला साफ़ कर ले, इधर-उधर अगर कोई खुजली हो रही हो, तो उसे शांत कर दे, फिर पता नहीं कितनी देर में यह मौक़ा मिलेगा। पलकें झपकने

वग़ैरह-वग़ैरह सब करने के बाद वह अपनी परदादी को ताकने लगी और वह बोलीं -

> मैं नहीं जानती थी कि वे प्रेम के दिन कैसे बन गए। मैं तो सिर्फ़ उसकी आवाज़ सुनती थी, उसका कहा मानती थी। किसी सीमा को लाँघने से पहले उसकी नज़रों से उसे देखने की कोशिश करती थी कि इसके परिणाम क्या होंगे। एक बार मैंने उसकी कुलदेवी की सौगंध लेकर उसके प्रति अपना प्रेम जता दिया, तो उसने मुझसे कहा कि इस तरह कुलदेवी-देवताओं की सौगंध लेने से उनकी दैवीय ऊर्जाएं कई बार अलग परिणाम के साथ सक्रिय हो जाती हैं इसलिए ऐसा करने से बचना चाहिए। कुलदेवी-देवताओं के प्रति भावना-प्रधान अभिवादन उन्हें प्रिय भी होता है और स्वीकार्य भी।

मश्रा यह सब ऐसे सुन रही थी, जैसे बच्चे कोई दिलचस्प कहानी सुनते हैं और चाहते हैं कि कहानी पूरी रात तब तक चले, जब तक उन्हें नींद न आ जाए। बीच में थोड़ी देर शांत होने के बाद वह फिर बोलीं -

> उस दिन हम बहत्तर सीढ़ियों वाले क़िले में गए थे। वे काफ़ी चौड़ी सीढ़ियाँ थीं और बहुत संभल कर उनपर पैर रखना होता था, ताकि क़दम एक निश्चित चौड़ाई को नाप सकें। अगर ऐसा न किया जाए, तो उन सीढ़ियों पर पैर अटक जाया करते थे। हम धीरे-धीरे ही उनपर बढ़ रहे थे। वह मेरे आगे था। पूरी छः सीढ़ियाँ आगे। मैं डर रही थी। एक तो क़िले की भयावह ख़ामोशी से और दूसरा उन बड़ी-बड़ी बहत्तर सीढ़ियों से।

– लेकिन आप दोनों वहाँ जा ही क्यों रहे थे? मश्रा ने माँ से प्रश्न किया।

– हम वहाँ एक वायदा पूरा करने जा रहे थे और नहीं चाहते थे कि जिस जगह हम अपने वायदे को परख रहे हों, वहाँ हमें कोई देखे। हम अपने प्रेम को एक-दूसरे के सामने स्वीकार करना चाहते थे। उसे देर तक एक-दूसरे की आँखों में सच होने की प्रमाणिकता के साथ निहारना चाहते थे। हम एक...

इतना कहकर वह चुप हो गईं। उनकी आँखें बंद हो गईं और माथे पर स्मृति-निर्मित अवसाद की लकीरें दिखाई देने लगीं।

मश्रा उनकी ख़ामोशी में सिसकती हुई पीड़ा को साफ़-साफ़ देख पा रही थी और उस क़िले की ख़ामोशी को भी महसूस कर पा रही थी लेकिन वह यह भी चाहती थी कि माँ उसे यह बताएं कि उस दिन बहत्तर सीढ़ियों वाले क़िले में क्या हुआ था, जिसका संबंध उनके सिर में छुपी गुमटी से है।

– हम वहाँ एक शिशु निर्मित करना चाहते थे। एक अदृश्य शिशु, जो सिर्फ़ हमें दिखाई दे। बिना संसर्ग और बिना गर्भ का काल्पनिक शिशु। हमने एक-दूसरे की आँखों में देखते हुए अपने-अपने पुरखों को याद किया। उनसे उनकी स्मृतियाँ उधार लीं, काल्पनिक रक्त और नैन-नक्श लिए और सघन भाव से प्रेम महसूस किया। उस सघन और ख़ामोश क़िले में हम अपना प्रेम स्वीकार कर रहे थे। देर तक आँसू बहाते रहे और आँसू बहाते हुए हमने एक अदृश्य शिशु को जन्म दिया।

– फिर?

मश्रा ने माँ के झुर्रीदार कोमल हाथ पर अपना हाथ रखा। वह जानती थी कि 'फिर' जैसा प्रश्न उसे नहीं करना चाहिए था लेकिन कुछ क्रूरताएँ इसलिए भी ज़रूरी होती हैं कि स्मृतियों के आवरण में दुबककर बैठी पीड़ाएँ किसी ठिठके प्रश्न द्वारा झकझोरने से अपनी बेहोशी से जाग जाएं।

– फिर हमने अपने अदृश्य शिशु के समय को आपस में बाँट लिया। वह उसे सारा दिन अपने साथ रखता था। उसके साथ खेलता, उसे दुलारता और रात को उसे मेरे पास छोड़ जाता था। रात को मैं उसकी नज़र उतारकर उसे कहानियाँ सुनाते हुए सुला देती।

– माँ, कल्पना में जीवन जीना! क्या यह कुछ अजीब नहीं? यह कैसे संभव है?

– प्रेम अपने आप में ही एक अदृश्य एहसास है। कल्पना कोई सहारा नहीं होती, जो मजबूर करे उस जीवन को जीने के लिए, जिसे चाहा गया हो। कल्पना एक विनीत आग्रह है उस जीवन के प्रति विश्वास का, जिसे मन अपनी मर्ज़ी से बुनता है।

– अब कहाँ है वह अदृश्य शिशु माँ? और यह गुमटी, इसे क्यों छिपा कर रखती हो तुम हमेशा?

– एक रात सिर्फ़ शिशु मेरे पास लौटा था। अकेला ही। वह शिशु के साथ नहीं था। मैं उसपर इस बात के लिए क्रोध करना चाहती थी और सुबह का इंतज़ार कर रही थी। मैं उस रात सोई नहीं थी कि वह शिशु को अकेला कैसे छोड़ सकता है। मैंने सुबह उसे हर जगह खोजा लेकिन वह कहीं नहीं मिला। यहाँ तक कि उसका नाम लेकर सबसे उसके बारे में पूछा। हर एक ने मुझे कहा कि इस नाम का तो कोई है ही नहीं इस गाँव में। मैंने मुश्किल

से याद करके उसके पुश्तैनी गाँव का नाम लोगों को बताया, तो लोगों ने मुझपर हँसते हुए कहा कि इस नाम का तो कोई गाँव भी नहीं है।

उस दिन मुझे गहरा सदमा मिला। मैं अपने अदृश्य शिशु के साथ अकेली रहने लगी लेकिन हमने खेलना बंद कर दिया और चुप्पी के अंधेरे में जीने लगे। दिन बस बीत रहे थे। मैं कैसे यक़ीन कर सकती थी कि वह और उसका गाँव कहीं नहीं है।

एक दिन मैं उसी क़िले की तरफ़ चली गई, जहाँ हमने एक-दूसरे के सामने अपना प्रेम स्वीकार किया था। मैं जानती थी कि सच को कभी छिपाया नहीं जा सकता। मैं तेज़ी से सीढ़ियाँ चढ़ती जा रही थी। वही बहत्तर सीढ़ियाँ लेकिन जैसे ही आख़िरी सीढ़ी पर पहुँची, तो देखा कि आगे एक बहुत गहरा और पुराना कुआँ है, जिसमें पानी नहीं बल्कि पीपल का एक विशाल वृक्ष है जिसकी शाख़ें आसमान की ओर उठी हुई हैं।

क़िला कहीं नहीं था। और वह अदृश्य शिशु धीरे-धीरे सिकुड़ने लगा। मैं रोज़ उसे सिकुड़ता हुआ देखती। एक दिन वह छोटी-सी मांस की लोथ में बदल गया और मैंने उसे अपने सिर में छिपा लिया।

उन्होंने चटाई से वह कपड़ा उठाया और अपने सिर को फिर से ढक दिया। गुमटी ने नन्ही-सी हरकत की, जिसे मश्रा ने देख लिया और मुस्कुरा दी कि तमन्नाओं के जिस्म भी अदब से खिलते हैं।

शिश्र-तमाशा और ठंडी भीड़

कुरतो ने अपने मालिक को खोजते हुए बाज़ार का एक चक्कर लगाया, दूर तक उसे देखने की कोशिश की लेकिन वह उसे कहीं दिखाई नहीं दिया।

खोजते हुए रास्ते भर में उसे जितने भी स्त्री और पुरुष दिखाई दिए उनमें किसी के सिर पर उल्लू था, तो किसी के सिर पर चमगादड़ या फिर गिलहरी या एक मेंढक और वे सभी केशों में ऐसे बैठे थे जैसे वे ही उन इंसानों का सत्य हों।

कुरतो ने सड़क किनारे बैठे ठरकी बूढ़ों में से एक बूढ़े से यह प्रश्न किया कि इन सभी के सिरों में जानवर और पंछी क्यों बैठे हैं आख़िर? क्या यह कोई रिवाज है?

सुनते ही बूढ़ा ज़ोर से हँसने लगा और एक की हँसी के साथ ठरकी बूढ़ों की पूरी फ़ौज ही फिर से भयानक ठहाका मारकर हँसने लगी। पिंजरे में बंद उनके तोते तो पिंजरों से कहीं भाग नहीं पाते थे लेकिन वे पिंजरों की सलाखों को अपनी चोंच से ज़रूर घायल करने की कोशिश करते। यह बात और है कि इस उपक्रम में वे ख़ुद घायल होकर मूर्च्छित हो जाते थे लेकिन सुरमई कौवे इन जालसाज़ ठहाकों से बचते-बचाते किसी शांत जगह की खोज में उड़ गए।

कुरतो ने पाया कि वह एक शांतिर बुढ़ऊ भीड़ की गिरफ़्त में है और वे लगातार उसके क़रीब आते जा रहे थे। वह घबरा गया।

उसने देखा कि जैसे-जैसे शातिर बुढ़ऊ भीड़ उसके क़रीब आ रही थी, वह दूसरी चीज़ों की सोच को लेकर अस्त-व्यस्त होने लगा था। वह किसी तरह बुढ़ऊ भीड़ के चंगुल से निकलकर बाज़ार की तरफ़ आ गया। चलते-चलते बाज़ार के आख़िरी छोर तक पहुँचने पर कुरतो ने देखा कि यह एक मैली-सी बस्ती है और उसी के साथ लगता हुआ वहाँ एक बहुत बड़ा मछली बाज़ार है। वह उसमें गया, तो घंटों वहाँ से निकलने का रास्ता खोजता रहा।

मछली बाज़ार की तेज़ बू के समंदर से किसी तरह बाहर निकला, तो उसने देखा कि वहाँ कई गुटों में तमाशा दिखाया जा रहा है।

एक झुंड से आवाज़ आई – जीवन की लीला का तमाशा देखने से अच्छा कुछ नहीं है। यह तमाशा आँखें खोल देगा।

वह अपने बेफ़िक्र मालिक को भूलकर जीवन की लीला का तमाशा देखने की जिज्ञासा के साथ लोगों के उस झुंड की ओर बढ़ गया। उसने देखा – एक नौ या दस वर्ष का बालक नीचे सड़क पर लेटा है और एक मदारी जैसा कठोर आदमी भीड़ के चारों तरफ़ घूमकर तमाशे की शर्त के लिए पैसा बटोर रहा है।

सड़क पर लेटा बालक बिलकुल नग्न है और उसके हाथ एक कपड़े से बंधे हैं। बालक चिल्ला तो नहीं रहा लेकिन बेचैन हो रहा है। उसे कुछ समझ नहीं आ रहा कि वह ऐसी स्थिति में क्यों है। इतने में वह मदारी जैसा आदमी बालक के पास आया और उसने बहुत फुर्ती से उसकी आँखों पर कपड़ा बांधकर उसे सीधा लिटा दिया। बालक अब चिल्लाने लगा, पैर पटकने लगा और दाएँ-बाएँ लेटते हुए ख़ुद को छुड़ाने की कोशिश करने लगा।

कुरतो ने अपने आस-पास की भीड़ को देखा कि सभी लोग बेहद ठंडेपन से यह तमाशा देख रहे हैं। भीड़ में सभी की आँखें स्थिर

हैं। ऐसे, जैसे यह तमाशा न भी हो, तो भी कुछ नहीं और हो रहा है तो भी कोई बात नहीं। यहाँ तक का दृश्य देखने के बाद कुरतो को एक आंतरिक पीड़ा महसूस हुई। उसे याद आया कि जिस दिन उसने घर छोड़ा था, वह कई मील अनजान दिशा की ओर पैदल चला था।

वह कठोर आदमी बालक को पुचकारता है।

- कुरतो एक अदृश्य चेष्टा के साथ उस नीले आईने से निकलकर दुकान के भीतर पहुँच जाता है।

दो दृश्य एक साथ समय की सुइयों के साथ चल रहे हैं।

- बालक रो रहा है और रोते हुए किसी अजनबी भाषा में ऊँचे स्वर में किसी का नाम पुकार रहा है।
- कुरतो दुकान से निकलकर चलते-चलते अपने अतीत में जाता है और अपनी परोपकारी माँ की बिना सिर की मृत देह को भीगी आँखों से निहारता है।
- तमाशे में बालक को आंतरिक भय की अनुभूति हो रही है और उसकी पुकार उतनी ही तीक्ष्ण हो उठती है।

भीड़ अब भी स्थिर है।

- कुरतो थका है। वह गिरने वाला है और प्यासा भी है। वह सोचता है, भूलने के लिए उसे पता नहीं और कितना चलना होगा।
- उस मदारी जैसे कठोर आदमी ने बालक के शिश्न की चमड़ी को बिना किसी गरिमा के पकड़ लिया और उसके पैर अपनी मज़बूत जंघाओं में भींचकर उस चमड़ी को तेज़ धार वाले चाकू से काट दिया। ख़ून के बुलबुले

बालक की कोमल और काँपती हुई टाँगों पर उभर आते हैं। उसकी पुकार और तीक्ष्ण हो उठती है और कुछ देर में वह अबोध निढाल हो जाता है।

भीड़ अब भी वैसे ही स्थिर है।

– कुरतो जंगल, सड़क और जानवरों का कच्चा मांस खाने वाली शिकारी और बीहड़ जनजाति के इलाक़े से गुज़रता हुआ आख़िरकार एक नए लेकिन छोटे-से शहर की सीमा में प्रवेश करता है।
– बालक उस जातीय अनुष्ठान की पीड़ा में सुबक रहा है।
– कुरतो भूख और प्यास के अनुष्ठान में सुबक रहा है।

तमाशा ख़त्म हो चुका था। ठंडी भीड़ ने सुबकते बालक की ओर सिक्के उछाल दिए।

बालक छटपटाहट में दर्द की लहरों को महसूस कर ख़ुद के साथ हुई अमानवीयता पर शोक कर रहा था लेकिन कौन उसके शोक में शामिल होना चाहता था? कोई भी तो नहीं।

सब जा रहे थे लेकिन कुरतो उस बालक की कराहती आवाज़ में खोया वहीं खड़ा हुआ था। वह सुनने की कोशिश कर रहा था कि बालक का शोक कितनी तीक्ष्णता के साथ ऊपर उठता है। वह स्थिर भीड़, क्रूर ठंडेपन को अपनी विशाल और कतरी हुई पोशाकों के साथ घसीटकर घरों को लौट रही थी।

मरुआना का देवता और प्राचीन पेड़

आसमान में बादल का एक स्याह और विशाल टुकड़ा तैरते हुए धीरे-धीरे अपना आकार बढ़ा रहा है। तीन दिशाओं में आसमान साफ़ है लेकिन एक तरफ़ बादल का यह टुकड़ा है, जिसमें रोशनी की साँप जैसी लकीरें एक अंतराल में काँप रही हैं।

रोशनी का रंग गुलाबी है, जो कभी हल्का हो जाता है, तो कभी गहरा। वह बादल तैरते हुए ऐसा लग रहा है, जैसे अभी किसी के सामने अपना कोई दुखड़ा रोने लगेगा। बादल की अधीरता उसके तेज़ी से बदलते आकार को देखकर साफ़ दिखाई दे रही है।

कुरतो का बेफ़िक्र मालिक एक घने पेड़ के नीचे बैठा हुआ है। पेड़ की लटकती जटाएँ आपस में लिपट गई हैं या उन्हें आपस में लिपटा लिया गया है, कौन जाने? उन लटकती जटाओं के बीच में ततैयों के छोटे-छोटे कई सारे घर बने हुए हैं। पूरे पेड़ में कोई ऐसी जगह नहीं, जो ततैयों के अड्डों से न भरी पड़ी हो। ततैयों का पीला रंग और उनकी भिनभिनाती हुई ध्वनि माहौल में एक जगह बना रही थी, जहाँ किसी भी भावना या व्यवहार की असुविधा को सावधानी से बरत लिए जा सकने की सहूलियत थी।

उन ततैयों के डंक से कुरतो का मालिक बिलकुल भी भयभीत नहीं हो रहा बल्कि उस घने पेड़ के नीचे बने सीमेंट के चबूतरे पर चित्त पड़ा है। उसकी आँखे किसी पीर की पनीली आँखों जैसे संयम में डूबी हैं। उसके चेहरे पर ग़ैरज़रूरी मुस्कान है और शरीर

लिज़लिज़ी भंगिमा का शिकार। उसका देवता बिना किसी हैरानी, परेशानी और प्रश्न के उसके पास चुपचाप बैठा है। मरुआना के लंबे कश भरते हुए वह अपने साथ बैठे देवता के कान में कुछ बड़बड़ाता है। देवता सहमति में गर्दन हिलाता है और वह भी मरुआना के गहरे कश लगाने लगता है।

ततैयों के अड्डों वाले जिस पेड़ के नीचे वे बैठे हैं, वह प्राचीनतम लेकिन मनहूस वृक्ष माना जाता है और उसके नीचे बैठने वाले लोगों को इज़्ज़त की दृष्टि से नहीं देखा जाता। उन्हें दैवीय आपदाओं को आमंत्रण देने वाले और पवित्र ग्रंथों के विरोधी मूर्ख कहा जाता है।

बहुत वर्षों पहले इस पेड़ की एक मज़बूत शाख़ से फंदा लगाकर एक अनाथ स्त्री ने आत्महत्या कर ली थी। वह इस जगह इकलौती स्त्री थी, जिसके सिर पर कोई जानवर या पंछी केशसज्जा के रूप में नहीं था और उसकी भौंहों के बीचोबीच एक गोलाकार आकृति बनी हुई थी, जिसे लोगों ने उसकी तीसरी आँख मान लिया था। वह स्त्री जो भी बात कहती, वह कभी न कभी सच में बदल जाती। इस तरह उसने उस क़स्बे और वहाँ के लोगों के बारे में कई अच्छी और कुछ ऐसी बातें बोली थीं, जिसकी वजह से वह पहले लोकप्रिय हुई लेकिन बाद के दिनों में कुछ लोगों की नफ़रत का शिकार हो गई।

क़स्बे के लोग उससे डरते थे कि यह सब उसकी तीसरी आँख के कारण हो रहा है। उसे लोगों ने अमर्यादित स्त्री घोषित कर उसका बहिष्कार कर दिया था और क़स्बे के ठरकी बूढ़ों की पंचायत कर उसे क़स्बा छोड़ने के लिए मजबूर किया।

वह स्त्री उससे नफ़रत करने वाले लोगों के विचारों और शब्दों की आँखों के आर-पार देखने के बाद भी न तो क़स्बे को छोड़ने का इरादा बना पाई और न ही ऐसा कुछ कर पाई, जो उसे अमर्यादित

स्त्री की छवि से अलग कर पाता। इसलिए उसने इस पेड़ की शाख़ पर फंदा डालकर अपने जीवन का अंत कर लिया।

कोई भी अंत दरअसल एक संकेत है, अन्य प्रारम्भ का। अंतहीन अंत का सिलसिला जो एक सुराग छोड़कर सिर्फ़ घटनाएँ बदलता है।

इस घटना के बाद इस प्राचीन पेड़ को भी क़स्बे के लोगों ने अपनी पूजा-पाठ से त्याग दिया। इतना ही नहीं, इस पेड़ के आस-पास का इलाक़ा भी खाली कर दिया। पूरा क़स्बा जैसे एक ज़लज़ले की तरह इस प्राचीन वृक्ष से दूर हो गया और यह वृक्ष मनहूस मान लिया गया। अगर कोई इस प्राचीन और गहरी जटाओं वाले वृक्ष के क़रीब जाना चाहता, तो उसे तमाम सामाजिक और धार्मिक रीतियों का विरोधी मानकर उससे भी किनारा कर लिया जाता। इस तरह यह वृक्ष अकेला रह गया लेकिन ततैयों ने इसपर अपने घर बना लिए।

सुबह से भटकते, देखी गई आपत्तियों को ख़ुद में दर्ज करते हुए कुरतो ने आख़िरकार अपने मालिक को खोज ही लिया। पहले-पहल वह उस घने पेड़ को देखकर हैरान हुआ लेकिन ततैयों को देखकर उसे डंक का डर और घृणा का एहसास होने लगा। यूँ भी कीट-पतंगों को देखकर योद्धा चींटा और उसके पीछे बनती लाल लकीर की स्मृति उसके दिमाग़ में हथौड़े मारने लगती थी। अपने मालिक को खोजकर उसे ऐसा लगा कि यह केवल कुछ हज़ार अजीबोग़रीब सिरों और कतरी पोशाकों वाले लोगों की आबादी वाला एक क़स्बा है, जहाँ लोग कभी गुम नहीं हो सकते।

कुरतो अपने मालिक के पास गया, जो चबूतरे पर लेटा हुआ अपने देवता के कानों में कुछ बड़बड़ा रहा है। देवता फिर से सहमति में

अपनी गर्दन हिला रहा है। मालिक ने कुरतो के सामने मरुआना की पेशकश की। उसने उससे कहा कि इसके गहरे और राज़दार कश लगाने के बाद इस ब्रह्मांड में तुम्हारा भी अपना एक देवता होगा, जो तुम्हारे पुकारने पर तुम्हारे सामने होगा, तुम्हारे मन की हर बात सुनेगा और उनके जवाब भी देगा।

कुरतो ने हमेशा यही चाहा था कि उसका अपना एक देवता हो, जो उसकी बात सुने और उसे जवाब भी दे। उसके मालिक ने जब ऐसा कहा, तो उसे लगा कि ज़रूर उसी ने यह बात उसे बताई होगी लेकिन बहुत याद करने पर भी वह इस बात को याद नहीं कर पा रहा था।

उसने अपनी इच्छा-शक्ति अनुसार कुछ लंबे कश अपने सीने में उतारे और भूलने-भुलाने के इस सुलूक का दोष मरुआना के सिर मढ़ दिया। वह आँखे बंदकर वे सब बातें सुनने की कोशिश करने लगता है, जो अभी हवा में टंगी भी नहीं थीं।

कुरतो के होंठों से निकलते धुएँ के बादल आसमान के स्याह और विशाल बादल के टुकड़े की ओर जा रहे हैं। गुलाबी रंग की बिजली अपनी सर्पीली हरकत से कुरतो का ध्यान अपनी तरफ़ खींचने की पुरज़ोर कोशिश कर रही है।

देवता अब भी कुरतो के मालिक से सहमति में अपनी गर्दन हिला रहा है।

ततैये

कोई आवाज़ धीरे-धीरे वातावरण में घुल रही है। ऐसे लग रहा है, जैसे दूर कहीं किसी बड़े-से तालाब में पानी उबल रहा है। पानी उबलने की आवाज़ इतनी स्पष्ट है कि मानो यह कहीं बहुत पास घट रहा है। इस आवाज़ के साथ कुरतो के हृदय के स्पंदन अपनी लय को उस वातावरण में एकसार करने की कोशिश कर रहे हैं लेकिन ऐसा कर पाने में उसके अपने विचार ही उसे रोक रहे हैं।

पानी के उबलने की आवाज़ तेज़ होती जा रही है। यह और अधिक स्पष्टता के साथ कानों के बिलकुल नज़दीक होने जैसा आभास दे रही है। एक बिंदु पर आकर वह आवाज़ एक विस्फ़ोट में बदल गई और पेड़ पर सैकड़ों छत्तों में सो रहे सब ततैये बाहर आ गए। एक ततैया मरुआना के कश में डूबे कुरतो के मालिक के हल्के-से खुले मुँह में घुस गया, जिसे उसके देवता ने देख लिया। वह फुर्ती से अपनी उंगली को उसके मुँह में डालकर ततैये को निकालने लगा लेकिन वह ततैया उसकी सांस की नली से होकर उसके पेट में जा बैठा।

वातावरण में ऐसी चुप्पी छा गई, जो किसी तलवार की धार से कम नहीं लग रही थी कि तभी सारे ततैये कुरतो के सोए हुए मालिक के मुँह की तरफ़ उड़कर आने लगे। वे सारे उड़ते हुए एक दैत्य के समान दृश्य बना रहे थे। उसका हल्का-सा खुला मुँह उन ततैयों के लिए एक निष्पाप आमंत्रण की तरह था, जिसे उन्हें स्वीकार करना ही था और वे कर रहे थे।

सारे ततैये कुरतो के मालिक के पेट में चले गए लेकिन उसके शरीर में कोई हरकत नहीं हुई। उसकी आँखें खुली थीं लेकिन वे क्रोधित ततैयों के डंकों से भी भयभीत नहीं हुईं बल्कि यह कहना ज़्यादा सही होगा कि वह इतना स्तब्ध था कि आँखें भय से जैसी थीं वैसी ही रह गईं।

दूर से देखने पर कुरतो के मन में यह प्रश्न आ रहा था कि ततैयों का एक दैत्याकार झुंड उसके पेट में प्रवेश कर चुका है लेकिन वह ज़रा भी विचलित क्यों नहीं हो रहा है। इस बात को टटोलने के लिए उसने अपने मालिक के बिलकुल नज़दीक जाकर देखा। उसने देखा, उसका पेट धीरे-धीरे फूल रहा है। उसमें बुलबुले बन रहे हैं, जो कभी उभरते हैं, तो कभी सपाट हो जाते हैं। यह दृश्य एक कारुणिक घृणा और जाने-पहचाने नष्ट होते मनुष्य का एक शोकगीत बन उसके कानों में गूंज रहा था। उसने देखा, अब वह सफ़ेद चकत्ता, जो उसकी भी आँख के नीचे बन आया था काला पड़ रहा है। यह देखकर उसका देवता ज़रा भी विचलित नही हो रहा था बल्कि उसके चेहरे पर एक मुस्कान थी। यह मुस्कान उपहास भरी थी या कोई संकेत समझ जाने से चली आई रहस्यमयी मुस्कान थी, यह तो देवता ही जानता था लेकिन कुरतो के लिए यह दृश्य असहनीय था।

चकत्ता काला पड़ते-पड़ते उसके माथे तक फैल गया। वह उसके शरीर में ऐसे फैल रहा था, जैसे छाया धूप की जगह घेरते हुए दिखाई देती है। उसका पूरा शरीर काला पड़ चुका था। यह कुछ-कुछ सड़ जाने जैसा आभास दे रहा था। उसका देवता यह सब टकटकी लगाए बड़े धैर्य से देख रहा था। उसने पास जाकर उसके कान में कुछ बड़बड़ाया। कुरतो के मालिक ने सहमति में अपना सिर हिला दिया। देवता ने फिर उसके कान में कुछ कहा और

कुरतो के मालिक ने फिर से सहमति में अपना सिर हिला दिया। इस बार उसने अपना सिर ज़ोर से हिलाया और देवता की आँखों में देखने लगा।

देवता की आँखें गहन स्थिरता बोध में कुरतो के मालिक की ओर देख रही थीं। उसने मरुआना के कश भरते हुए आसमान की ओर धुआँ उड़ाया और कुरतो के मालिक को उस धुएँ में कई स्त्रियों के चेहरे दिखने लगे। एक-एक कर कई सुंदर चेहरे सामने आते और फिर दूसरी स्त्री में तब्दील हो जाते।

उन सब सुंदर स्त्रियों के चेहरे पर घाव भी थे। गहरी चोट के घाव। कुछ स्त्रियों के चेहरे के घावों में कीड़े रेंग रहे थे। कुछ के चेहरे हंटर की मार का सबूत दे रहे थे और कुछ सहमी आँखों वाले चेहरे थे। उन सब चेहरों में एक व्यथा थी, जिसे कुरतो के मालिक का अपना देवता उसे दिखा रहा था। कुरतो का मालिक अपनी सड़ रही गतिहीन देह और स्तब्ध आँखों से सब देख रहा था। ऐसा लगा जैसे किसी भूली-भटकी ग्लानि ने उसकी सड़ती देह में प्रवेश किया है। केवल एक पल के लिए लेकिन यह वह ग्लानि है, जहाँ क्षमा निहत्थी हो चुकी है।

एक निहत्थी क्षमा अपराध के क्षणों को उसी तरह ख़ुद से मुक्त कर देती है, जैसे कोई जानलेवा रोग शरीर को मुक्ति देता है। सदा के लिए। उस मुक्ति में न घृणा होती है, न ही सहभागिता को दोहराने का कोई वचन।

देवता मरुआना के कश तब तक भरता रहा, जब तक कुरतो के मालिक ने उन सभी चेहरों को पीड़ित करने की दर्दनाक स्मृति में ख़ुद को उतार नहीं लिया। उन स्त्रियों को दिए घावों की ज़िम्मेदारी नहीं ले ली।

क्षमा और ग्लानि के लिए अब कोई जगह वहाँ नहीं थी। समय बीत चुका था और वे चेहरे अब धुआँ बन चुके थे।

ततैये कुरतो के मालिक के सड़े शरीर में से निकलने लगे। वे कहीं से भी बाहर निकल रहे थे। कुरतो के लिए यह सब अविश्वसनीय था लेकिन यह सब हो रहा था और वह इन सबका साक्षी था। ततैये वापस उस विशाल और मनहूस माने जानेवाले वृक्ष की ओर लौटने लगे और भिनभिनाते हुए अपने छत्तों में घुस गए।

देवता ने आख़िरी बार कुरतो के मालिक के कान में कुछ कहा और उसने अन्तिम बार सहमति से अपनी गर्दन हिलाई।

कुरतो को फिर से दूर कहीं पानी उबलने की आवाज़ सुनाई देने लगी लेकिन वह किसी तरह इस आवाज़ से बचना चाहता था। उसने अपने कान कसकर अपनी हथेलियों से बंद कर लिए लेकिन वह आवाज़ थी कि बढ़ती ही जा रही थी। आवाज़ फिर से एक विस्फ़ोट में बदल गई और कुरतो वहीं बेहोश होकर गिर पड़ा।

आसमान में तैरते गुलाबी सर्पीली रोशनी वाले स्याह बादल की तरफ़ उड़ते सुरमई कौवे बेपरवाह अपनी कर्कश काँव-काँव को इधर-उधर बरसाते अब शायद सोने के लिए अपने घरों की ओर लौट रहे थे।

तितली और आँख

ये मश्रा की बेचैनियों में पागलपन के दिन थे। इस पागलपन में एक सिलसिला टूट रहा था। सिलसिला, जो प्रेम की मचलती गिलहरियों की तरह उन्मुक्त और देह में बस चुके बुख़ार जैसा था।

इन उदास दिनों में मश्रा को कुरतो का स्पर्श एक तलब की तरह याद आ रहा था। वह कुरतो की हर बात को दिल के गहरे पानी में डूबकर याद करने लगी थी। वह हर समय बिस्तर पर पड़ी रहने लगी। न करवट बदलती, न ही हिलती-डुलती। उसकी आँखें आकार में छोटी होती जा रही थीं, जैसे वह एक बीमार लड़की का जवान जिस्म हो, जो लगातार निचुड़ रहा है और मन शरीर की चहारदीवारी से निकलकर कुरतो की आवाज़, उसकी ठिठोली और वय के उत्साह में डूबी उत्तेजना का पीछा कर रहा है।

इन दिनों उसे बिग्रोनिया के फूलों से भी चिढ़ होने लगी थी। इस चिढ़ में वह उन फूलों को नोच डालती और बेल के साथ छीना-झपटी करती, जैसे बिग्रोनिया ने उसके जीवन का कोई अर्थ बदल दिया हो, जो मश्रा को बिलकुल मंज़ूर न हो।

उन दिनों वह दोपहर का समय था, जब उमस और मश्रा एक-दूसरे से लिपटी हुई थीं। उमस की तरंगें उसकी देह को बुख़ार से मुक्त हो जाने को उकसा रही थीं। उसे एक मुक्त आनंद हासिल कर लेने की ओर ले जाना चाहती थी। ऐसा आनंद, जिसे इंसानों द्वारा किसी भी तरह, किसी भी अर्थ में परिभाषित न किया जा सके। जो

ईश्वर, समाज, शर्म, पाप, नियम, चरित्र और पतन से स्वतंत्र हो, उस आनंद में देह पर जबरन जमा बुख़ार हटा लेने की चाह को पूरा कर लेने की कवायद हो।

बिस्तर पर पड़े हुए मश्रा को उस पल की याद आई, जब उसने पादरी के हाथों से काठ का गिलास लेकर उसे चूमा और पादरी ने इसे अनदेखा कर दिया था। वह अचानक उठ खड़ी हुई और दौड़ते हुए उस इमारत की ओर जाने लगी, जहाँ पादरी और जुलूस पहुँचा था। वह तेज़ी से दौड़ रही थी, जैसे किसी संकेत की पुष्टि करना चाहती हो। उसके कानों में जुलूस की आवाज़ सुनाई दे रही थी और वह उस कर्णभेदी और असहनीय आवाज़ का पीछा करती हुई उसी इमारत में जा पहुँची।

उसने एक दरवाज़े की ओट से देखा कि पादरी किसी अनुष्ठान में अपना ध्यान लगाए हुए हैं। उसके हाथ में बाइबल है, जिसपर एक मरी तितली अपने आसमानी-पीले पंख फैलाए ऐसे पड़ी हुई है, जैसे मरणपूर्व उसने अपनी कोई उड़ान अधूरी छोड़ दी हो। पादरी अनुष्ठान के बीच में बार-बार मरी तितली को देख रहा है लेकिन बिना किसी भाव-बोध के। विरक्त और नीरस दृष्टि से।

तितली पादरी की विरक्तता से भरी शांत और गहरी नींद में सो रही है। मृत्यु और नींद दोनों ही समुद्री चमकीली रेत की तरह होते हैं, जो पीड़ाओं की आँखों में जाकर निर्ममता से मुक्ति की भूमिका लिखते हैं।

अनुष्ठान के बीच में पादरी की नज़र दरवाज़े की तरफ़ गई, उसने मश्रा को दरवाज़े की ओट में छिपकर खड़े देखा और उसी तरह अनदेखा कर दिया, जब उसने काठ का गिलास ख़ुशी से चूमा था। अनुष्ठान समाप्त होने तक वह वहाँ खड़ी रही। जब पादरी कमरे

से बाहर निकला, तो मश्रा भी उसके पीछे चल दी, जैसे यह इतनी जानी-पहचानी बात हो कि यह हमेशा से होता आया हो।

पादरी हाथ में बाइबल और उसपर पड़ी मरी तितली को लेकर उसी इमारत में एक लंबी गैलरी और कुछ सीढ़ियों को पार करते हुए अनुष्ठान के बड़े कमरे से दूर बने अपने आराम करने के कमरे में प्रवेश कर रहा था कि उसे महसूस हुआ कि मश्रा भी ऐसा करना चाहती है। वह रुक गया लेकिन पीछे मुड़े बिना मश्रा की उपस्थिति को महसूस करने लगा। मश्रा पादरी के रुक जाने से उसकी उपस्थिति को उस दिन से अलग तरह महसूस कर रही थी, जब वह जुलूस का पीछा करते हुए यहाँ आई थी।

इन उपस्थितियों में एक शोर तैर रहा था। मश्रा और पादरी उस शोर को जितना अपने से झटकते, वह दोगुनी तेज़ी से उनसे फिर प्रेत की तरह चिपट जाता। ऐसा लग रहा था कि अब वे जान रहे थे कि वे एक-दूसरे की उपस्थिति में जिस शोर को सुन रहे हैं, वह कहीं और से नहीं बल्कि उनके भीतर का ही एक छिपा डर है, एक दुबकी हुई इच्छा है, जिसकी आहट को वे इतनी तीव्रता से सुन रहे हैं।

पादरी ने बिना पीछे देखे मश्रा का कोमल हाथ अपने हाथ में ले लिया और उसे कमरे के भीतर ले जाकर कमरे का दरवाज़ा बंद कर दिया। यह वही पल था, जिसके होने की नियति उसी समय तय हो गई थी, जब पादरी ने बालकनी में खड़ी बिग्नोनिया की बेल से लिपटी नम्र मश्रा को स्तब्ध होकर देखा था।

मश्रा बिना किसी भय के पादरी की आँखों में देख रही थी और पादरी उसे उसी नीरसता से देख रहा था, जैसे कुछ देर पहले अनुष्ठान के दौरान वह सुंदर रंगों वाली मरी तितली को देख रहा

था। मश्रा पास पड़े पलंग पर लेट गई। पादरी उसके क़रीब आया। मश्रा ने अपनी सुंदर आँखों को मूंद लिया, जिनमें हमेशा आग की परछाईं दिखाई देती थी। पादरी ने मश्रा की एक आँख पर मरी तितली को पंख फैलाए हुए ही रख दिया और उसकी बेचैनी और पागलपन से भरे होंठों पर अपनी अंतःकरण की कामना और स्वेद में भीगे होंठ रख दिए।

धीरे-धीरे देह का सैलाब उन्हें डुबोने लगा। वे तरबतर होकर बार-बार सैलाब से बाहर निकलते, फिर डूब जाते। देह थी कि इसका कोई कारण नहीं जानना चाहती थी, वह अपने धर्म का निर्वाह कर रही थी। नैतिकता के नियम और पाप-पुण्य की धारणा को एक धार्मिक मनुष्य और अपने प्रेमी की याद में डूबी एक लड़की बिना किसी आत्मग्लानि के नष्ट कर रहे थे।

जब देह अपना धर्म निभा चुकी, तो पादरी और मश्रा के बीच कोई हिसाब-किताब बाक़ी नहीं बचा था। पादरी नग्न और दैहिक इच्छाओं से भरी मश्रा के स्तनों के बीच अपना सिर रखकर गहरी नींद में सो गया था। वह सुंदर पंखों वाली मरी तितली, वहीं बिस्तर पर बुरी तरह रौंदी हुई पड़ी थी। उसके पंखों के चिथड़े-चिथड़े हो चुके थे।

खेल भूलने का

एक ऐसा मनुष्य, जो धार्मिक क्रियाकलापों और अनुष्ठानों में अपनी चेतना को कई आयामों में देखता आया हो, जिसने अपने प्रेम को सदा के लिए याद रखने को अपनी घेराबंदी ख़ुद की हो और जो ख़ुद को हर उस चीज़ की छाया में जाने से रोक लेता हो, जो प्रेम और देह के समागम का अर्थ लिए उसके सामने आती हो, वह मनुष्य आज उससे वय में बहुत कम और दैहिक संतुष्टि में अपने प्रेमी के स्पर्श को खोजने वाली युवती के स्तनों के बीच गहरी नींद में सो रहा है।

उन दोनों ने अपने भीतर के उन क्षणों को पहचाना था, जो वास्तविकता से आहत थे। वे दोनों दरअसल एक अलग समय, अलग स्मृति और अलग विश्वास को जी रहे थे।

मश्रा की आँख पहले खुली और उसने देखा कि पादरी उसके स्तनों के बीच अपना सिर कोमलता से रखकर ऐसे सो रहा है, जैसे सदियों बाद उसे नींद नसीब हुई हो। उसने धीरे-से उसका सिर हटाना चाहा, तो पादरी एक झटके-से अपना सिर हटाकर ख़ुद को निर्वस्त्र होने की स्थिति से बाहर लाने लगा।

जिस बेचैनी में वह यहाँ आई थी और जिस बिना समझे गए आकर्षण में कुछ देर पहले अपनी देह का पोर-पोर आनंद के साथ उलझन में महसूस कर रही थी, अब वही सब एक सदमे में बदल गया। वे दोनों एक-दूसरे को देखते हुए बिस्तर पर आमने-सामने बैठे

थे। पादरी सफ़ेद कपड़ों में ठंडी ग्लानि के साथ, रीढ़ की हड्डी को बिलकुल सीधा किए बैठा कभी अपनी नज़रें मश्रा की ओर करता, तो कभी नीचे बिस्तर की ओर देखने लगता और मश्रा निर्वस्त्र ही सदमे में बैठी उसे एकटक लगाए देख रही थी।

पादरी ने देखा कि उस मरी हुई तितली के चिथड़े बिस्तर पर ही नहीं बल्कि मश्रा के नग्न शरीर पर हर जगह चिपके हैं। कहीं-कहीं मश्रा के शरीर पर पसीने की बूंदे अब भी चिपकी हुई थीं और उन पसीनों की बूंदों पर भी तितली के चिथड़े कुछ देर पहले घटित हुई दैहिक क्रिया के खेल की पुष्टि कर रहे थे।

देह और मन का अविरल संतुलन सरल नहीं होता। अगर होता, तो संसार की केवल कुछ जोड़ी आँखें ही बुद्धत्व न पा सकतीं। केवल कुछ जोड़ी हाथ ही क्षमा के लिए न उठते। केवल उँगलियों पर गिने जा सकने लायक हृदय ही करुणा की मोम के न बने होते।

पादरी मरी हुई तितली के चिथड़ों को घोर दुःख और पीड़ा से बिस्तर पर से चुनने लगा। वह महीन रेशमी रेशों में बदल चुकी थी। उन रेशमी चिथड़ों को चुनते हुए पादरी ने मश्रा से कहा -

 –   यह तितली पिछले कुछ दिनों से रोज़ इसी इमारत में कहीं न कहीं उड़ती दिखाई दे जाती थी। इस कमरे के पीछे एक छोटा-सा बाग़ीचा है, जहाँ फूलों और फलों के कुछ पेड़ हैं। यह पूरी दोपहर बाग़ीचे में रहती। फूलों और फलों के रस की रसना से ख़ुद को पोषित करती और शाम को इसी इमारत में कहीं भी अपने सुंदर पंखों को लहराती हुई उड़ती दिखाई दे जाती। आज सुबह यह गैलरी में मृत मिली। यह कैसे मरी, इस इमारत में रहने वाला कोई नहीं जानता। मैंने इसे धार्मिक अनुष्ठान में

इसलिए शामिल किया था कि आत्मा की शांति के लिए प्रार्थना कर सकूँ।

मश्रा ने पादरी की बात सुनकर कहा कुछ नहीं लेकिन वह भी तितली के रेशमी और आसमानी-पीले रंगों के चिथड़ों को हसरत से भरी करुणा में देखने लगी। उसे लगा यह तितली अगर आज जीवित होती, तो शायद इसकी नन्ही उड़ान उसके दिल को इस डूब से बचा लेती। वह सोच रही थी कि वह आख़िर क्या करे इस डूब का, जो उसे गहरी खाइयों की तरफ़ ले जा रही है।

उदास और दुखी मश्रा ख़ुद से यह कहना चाहती थी कि यह जो कुछ पादरी और उसके मध्य घटा, वह सरासर दैहिक अवसादजन्य कृत्य था। उस घटित को वह अपने शरीर पर एक दुर्गंध की तरह सूँघ पा रही थी। एक के बाद एक कई तर्कों से वह ख़ुद को दिलासा दे रही थी कि वह ऐसा नहीं करना चाहती थी लेकिन ऐसा हो चुका है। वह यह स्वीकार नहीं करना चाहती थी कि जिस मुक्त आनंद की कल्पना उसने पहले ही कर ली थी, उसे तो घटित होना ही था।

पादरी ने देखा कि मश्रा का पहाड़ी नैन-नक्शवाला निखरा चेहरा लाल होता जा रहा है। चेहरे की लाली उसके कानों तक जा रही है और क्रोध एक आभा बनकर उसके चेहरे की भंगिमाओं में शामिल होने लग रहा है।

पादरी ने तितली के रेशमी चिथड़ों को एक रुमाल में समेट लिया। ऐसा करते हुए उसे इस बात का एहसास हुआ कि तितली की मृत्यु दरअसल एक बार नहीं बल्कि दो बार हुई है। चिथड़े-चिथड़े होने से पहले वह एक सुंदर पंखों वाली साबुत तितली थी लेकिन अब वह चिथड़ों में बदल चुकी है। वह भी पादरी के उस क्षण के कारण,

जिसमें उसका अंतःकरण एक ऐसी तरंग पर था, जो उस धार्मिक स्थान की ऊर्जा को मलिन कर रहा था।

मश्रा के लिए अब पादरी को देख पाना भी असंभव हो रहा था। उसे यह उस पीड़ा की तरह लग रहा था, जिससे वह कभी नहीं निकल पाएगी। उसने अपने शरीर की ओर देखा। वह नग्न, नुचा हुआ, असीम दुख में डूबा प्रतीत हुआ। उसकी नाक, जाँघों और गर्दन पर अब भी मरी तितली के रेशमी रेशे चिपके हुए थे।

वह उस कमरे, उस इमारत से चले जाना चाहती थी, जहाँ पादरी उसे अपनी भावुकता दिखाने का प्रयास कर रहा था। लेकिन इस भावुकता की वासना अब उसे बर्दाश्त नहीं हो पा रही थी। उसने किसी तरह इधर-उधर पड़े अपने कपड़े पहने और उठ खड़ी हुई कि पादरी ने उससे कहा -

> एक खेल होता है भूलने का। यहाँ से जाने के तुरन्त बाद यह खेल शुरू हो जाएगा और तुम आज की बात को भूल जाओगी। मैं भी भूल जाऊँगा।

मश्रा ने अपने आँसू रोकते हुए गला साफ़ किया और भूलने के खेल की दिशा में चल दी।

कठपुतली नाच

हर बार लौटने का अर्थ एक जैसा नहीं होता। कुछ वापसियाँ प्रांजलता के दीप की तरह होती हैं, जो अपनी ही प्रज्ज्वलित लौ से अपना अंधेरा समाप्त करती हैं।

जिस रास्ते से मश्रा उस इमारत की ओर बढ़ी थी, जहाँ पादरी और जुलूस पहुँचा था, अब उसी रास्ते से लौटते हुए वह वही मश्रा नहीं थी। दैहिक आवेग में उठाए गए एक क़दम ने उसकी मुस्कुराहट छीन ली। वह लौटते हुए कुरतो के बारे में सोचती आ रही थी कि उसे भीतर से एक आवाज़ ने झकझोर दिया - यह कुरतो नहीं, तुम ख़ुद हो, जिसके बारे में तुम्हें सोचना चाहिए।

उस समय वह रास्ता उसके लिए इतना लंबा हो गया था, जैसे यह सड़क कभी समाप्त नहीं होगी और न ही कभी वह बिग्रोनिया की बेल पर झूलते फूलों को छू पाएगी।

वह इस बात को समझना चाहती थी कि आख़िर उसने ऐसा क्यों किया? क्यों ही वह पादरी पर मुग्ध हुई और संसर्ग की भावना के साथ उसके सामने गई लेकिन वह किसी भी तरह ख़ुद को कुछ समझा नहीं पा रही थी।

उस दिन पहली बार उसे एहसास हुआ कि प्रेम और संसर्ग दोनों अलग भावनाएँ हैं और इन दोनों भावनाओं के मध्य कोई तीसरा विकल्प निर्मित करने जैसा जोख़िम ख़ुद मनुष्य ही उठाता है और

ख़ुद को इस जोखिम से रिहा करने के लिए ख़ुद से प्रश्न करने का स्वांग भी मनुष्य ही करता है।

वह ख़ुद को टटोल रही थी कि आख़िर वह इतनी आहत क्यों है? उसने जो सोचा था, उसी का अनुसरण ही तो किया। तो अब ऐसा क्या घट रहा है उसमें, जो उसे हिंसात्मक रूप से ख़ुद से घृणा करा रहा है।

– एक खेल होता है, भूलने का। यहाँ से जाने के तुरन्त बाद यह खेल शुरू हो जाएगा और तुम आज की बात को भूल जाओगी। मैं भी भूल जाऊँगा।

उसके कानों में पादरी की यह बात गूँज रही थी। चलते-चलते वह अपने हाथ, पैर और कपड़े देखने लगी।

– कहाँ है भूलने का खेल? कहाँ है? भूलने का कोई खेल नहीं होता। अगर ऐसा होता, तो संसार में किसी को कोई दुःख भी न होता। सब उन ग़लतियों को भूल जाते, जो कर ली गई होतीं। किसी जवाबदेही के लिए कोई ख़ुद को ज़िम्मेदार न मानता। यह भूलने का खेल एक ऐसे संसार का निर्माण करता, जहाँ अपराध तो होते लेकिन उनके लिए कोई दंड नहीं होता, कोई ग्लानि न होती।

वह ख़ुद से यह बोलते हुए रोने लगी। ख़ुद से घृणा करने लगी। घृणा उसके शरीर के हर हिस्से में काँटे की तरह चुभ रही थी। लौटने का रास्ता था कि लंबा और लंबा होता जा रहा था। ऐसा लग रहा था उसे मौत भी इसी रास्ते पर चलते-चलते आ जाएगी। प्रेम और संसर्ग के जिन निजी क्षणों को वह कुरतो के साथ जीना चाहती थी, वे क्षण पादरी और मश्रा के हाथों में कठपुतली नाच कर रहे थे।

कठपुतलियाँ अपना नाच और भंगिमा ख़ुद तय नहीं करतीं। उन्हें जिस भी बँधी हुई डोर से संकेत दिया जाता है, वे उस दिशा में अपने नाच से आँखों के रस का एक भ्रम भरा क्षणिक दृश्य रच देती हैं लेकिन मनुष्य कितने ही आंतरिक या बाहरी रिश्तों की डोर से बंध जाए, तो भी वह स्वार्थी और लालची रहता है। वह अपने भीतर ऐसी ही कुटिल कठपुतली के अस्तित्व को महसूस कर पा रही थी, जो उसकी ओर उंगली करती हुई हँस रही है, ताली पीट रही है।

उसे लगा, यह अस्तित्व भी एक घना जंगल है। इसके बीहड़ में से कौन-सा जानवर किस समय निकल आए, इसका अंदाज़ा नहीं लगाया जा सकता, जैसे वह अपने भीतर की वासना भरी आकांक्षा का अनुमान नहीं लगा पाई थी। उसके भीतर बैठी कुटिल कठपुतली लगातार उसपर हँस रही थी। हँसते-हँसते अचानक वह उसे घूरने लगी। घूरते हुए वह नाच की अलग-अलग मुद्राओं में ख़ुद को ढालने लगी। मश्रा को संकेतों से नीचा दिखाने लगी।

यह सब रास्ते पर चलते-चलते वह महसूस कर रही थी और पत्थर आँखों से ख़ुद को किसी तरह घसीट रही थी।

> – एक खेल होता है, भूलने का। यहाँ से जाने के तुरन्त बाद यह खेल शुरू हो जाएगा...

एक तरफ़ उसके कानों में पादरी के कहे ये शब्द गूँज रहे थे और दूसरी तरफ़ उसके भीतर की कठपुतली नाचते हुए उसे संकेतों में नीचा दिखा रही थी।

उसका चलना दूभर हो रहा था। शरीर दर्द से टूट रहा था। एक लिज़लिज़ी छिपकली उसे अपनी जाँघों पर दबाव के साथ रेंगती हुई महसूस हो रही थी। वह अपनी लंबी पोशाक के घेर को झटकते

हुए उस छिपकली को अपने से दूर करने की कोशिश करने लगी लेकिन वह छिपकली उसके शरीर पर नहीं थी बल्कि याद्दाश्त के एक कोने में चिपकी हुई थी।

कठपुतली लगातार स्थिर आँखों के साथ नाच की भंगिमाओं में उसपर व्यंग्य कस रही थी और मश्रा बार-बार उसे अपनी सोच से निकाल फेंक रही थी लेकिन एक ढीठ जड़ता की तरह वह बार-बार उपस्थित हो जाती। मश्रा ने महसूस किया कि उसकी स्थिर आँखें दरअसल स्थिर हैं ही नहीं, जैसे एक सरसरी नज़र में दिखाई दे रही हैं, जैसे यह प्रामाणिक तौर पर माना जाता है कि कठपुतलियों के लिए तय श्रृंगार और लिबास उनके सौंदर्य का मानक माना जाएगा। बल्कि उसे वह कठपुतली जानलेवा हद तक घूरती हुई प्रतीत हो रही थी।

कठपुतली के हाथ-पैरों, सर और कमर में बँधी डोर बहुत तेज़ी से हरकत करने लगी। यह हरकत इतनी बढ़ गई कि कठपुतली के नाच की मुद्राएँ और भंगिमाएँ असभ्य और धीरे-धीरे डरावनी होने लगीं। चलते-चलते मश्रा को चक्कर आने लगे। कठपुतली का नाच उसके सिर में हथौड़े बजाने लगा। कठपुतली नाच मश्रा की आँखों में इस कदर तैर रहा था, जैसे अब वह जीवन में कभी कोई स्वप्न नहीं देख पाएगी। उसकी आँखों के रेशे कठपुतली की डोरियों में तब्दील होने लगे। कठपुतली नाच में अपनी आँखों से भय निर्मित करने लगी। मश्रा पागलों की तरह अपनी पोशाक झटकते हुए चिल्लाने लगी।

कठपुतली अपनी भंगिमा में थोड़ी और कठोर हो गई। उसकी डोरियाँ नीचे हुईं, तो कठपुतली कमर से झुक गई। जैसे ही डोरियों ने कठपुतली को उठाया, तो उसने मश्रा की ओर लाल रंग से भरा पात्र उड़ेल दिया।

मश्रा ने देखा, वह लाल रंग जो कठपुतली ने उसकी ओर फेंका, वह उसकी पोशाक पर हर तरफ़ है। वह कठपुतली के इस अप्रत्याशित वार से इतना भयभीत हो गई कि सड़क पर बेहोश होकर गिर पड़ी।

मौसम में उमस थी और आसमान एकदम साफ़। बारिश आने का मात्र अंदाज़ा ही लगाया जा सकता था।

उस दिन

कामुक स्त्री ने गिरीश घोष से जादुई-टोने का अनुष्ठान ज़रूर करवाया था। उस अनुष्ठान के लिए वह उस बदबूदार झोपड़ी में गई। वहाँ से तोतों की चोंच, चील के पंजे और पिचकी गिलहरी आदि छल और तड़पाकर मारे गए जानवरों और पक्षियों के अंगों को ख़रीदकर उन्हें टोने के लिए इस्तेमाल किया। लगभग सात घंटों के लंबे अनुष्ठान के बाद उसने गिरीश घोष पर पूरा यक़ीन भी किया था लेकिन उसका यक़ीन घर लौटते हुए बुरी तरह डगमगा गया था।

गिरीश घोष ने कई ज़रूरी हिदायतों के साथ उसे घर में रहने को कहा था और यह भी कि अगली सुबह तक टोने का असर दिखाई दे जाएगा लेकिन लौटते हुए वह अजीब-सा मुर्दाई भारीपन और क्रोध महसूस कर रही थी। यह क्रोध उसपर धीरे-धीरे सिर से लेकर पाँव तक हावी हो रहा था।

इसके बाद गिरीश घोष ने जो कहा उसे सुनकर कामुक स्त्री अचंभे से मोमबत्तियों की रोशनी में तमतमाए गिरीश घोष का चेहरा देखने लगी।

उसने कामुक स्त्री से कहा –

- आप अपने ऊपर के कपड़े उतारकर बिलकुल सीधी लेट जाएं मोहतरमा! और अपने हाथ में ये दो नींबू रख लें।
- ओ भाई! यह कौन-सा टोना है?

कामुक स्त्री ने क्रोध में आँखे फाड़कर देखते हुए गिरीश घोष को कहा।

गिरीश घोष भी कोई नासमझ छिछोरा थोड़े ही था। वह घाट-घाट का पानी पिया था। वह जानता था कि मोहतरमा ऐसा ही कहेगी इसलिए उसने अपनी मुख-मुद्रा पर नरमाई जमाई और जुबान पर शहद लपेटा। वह सोचने लगा कि इसकी हेकड़ी ऐसे न निकलेगी। अपनी शहद लिपटी जुबान में उसने कामुक स्त्री से कहा –

> देवी की प्रतिमा को ग़ौर से देखिए। देवी नग्न है और आवेग से भरी है। उसकी तरंग को ही छूना है आपको, तभी अनुष्ठान सम्पूर्ण हो पाएगा।

कामुक स्त्री के लिए यह एक ज़ालिम क़िस्म की दुविधा थी लेकिन वह सोचने लगी कि यदि केवल नग्न होना टोने के अनुष्ठान की अनिवार्यता है, तो किसी तरह दिल को मज़बूत कर वह ऐसा कर लेती है। कम से कम इस बात के लिए टोने की क्रिया में कोई बाधा न पड़े।

उसने चुपचाप अपने ऊपर के कपड़े उतारे और दोनों हाथों में एक-एक नींबू लेकर सीधी लेट गई। कुछ मंत्रों को ऊँची डरावनी आवाज़ में बोलते हुए गिरीश घोष ने कामुक स्त्री के हाथों से दोनों नींबू ले लिए और उन्हें सिंदूर भरे पात्र में डाल दिया और वही सिंदूर उसके नग्न उरेजों पर उड़ेल कर उसने कामुक स्त्री से कहा –

> देवी आप पर प्रसन्न है, मोहतरमा! उसने मुझे अभी-अभी यह कहा है। आप यह नहीं सुन पाएंगी क्योंकि मैं, देवी और आपके बीच का बिचौलिया हूँ और देवी

डायरेक्ट कस्टमरों से बात वग़ैरह नहीं करती। वह बिचौलिया भी क़िस्मत वाला होता है, जिससे देवी साक्षात बात करती है।

ऐसा कहकर वह काली की प्रतिमा के सामने अपने कंधे ज़ोर-ज़ोर से नचाने लगा और देर तक नचाता रहा। कामुक स्त्री अर्धनग्न लेटी हुई कभी देवी की बारह फ़ीट ऊँची प्रतिमा को, तो कभी कंधे नचाते हुए बिचौलिए को देख रही थी।

कंधे नचाते हुए गिरीश घोष पसीने से तरबतर हो गया और उसने अपनी कमीज़ के बटन लगभग तोड़ते हुए उसे अपने दुबले-पतले और मटमैले शरीर से उतार फेंका। क़मीज़ कामुक स्त्री के स्तनों पर गिर गई, जिसे उसने घिन्नाते हुए फ़ौरन अपने शरीर से अलग कर दिया।

कुरतो की परोपकारी माँ वाक़ई एक सुंदर और कमनीय स्त्री थी। उस रात जब कुरतो के पिता और परोपकारी माँ का क्लेश चल रहा था, उसके बाद वह सुंदरी उदास मन से घर के आँगन में बनी दो सीढ़ियों पर बैठ गई थी। क्लेश के कारण वह घर का मुख्य दरवाज़ा बंद करना भूल गई थी। उसी रात कामुक स्त्री गिरीश घोष की हिदायतों को ठुकराती और तमतमाती हुई कुरतो के घर जाने का विचार बनाने लगी। उसने सोचा, अगर टोने ने किसी भी वजह से अपना काम न किया, तो वह कभी कुरतो के पिता से विवाह नहीं कर पाएगी। उसने उनके घर की तरफ़ आते हुए सड़क किनारे बैठे बंजारों की अंधेरी बस्ती के छोटे-से बाज़ार से एक कुल्हाड़ी ख़रीदी और आवेग से भरे दिमाग़ और शरीर को हत्या के लिए तैयार किया।

घर का मुख्य दरवाज़ा खुला पाकर कामुक स्त्री दबे पाँव घर में प्रवेश कर गई थी कि तभी मौक़ा देखकर उसने पीछे से कुरतो की

परोपकारी माँ की गर्दन पर एक कुल्हाड़ी से ज़ोरदार वार किया। यह वार इतना वीभत्स और गति में था कि ऐसा करते हुए कामुक स्त्री के हाव-भाव भयावहता के आसमान को छू रहे थे। यह सब शांति से हो गया क्योंकि वार अचानक और तेज़ गति से किया गया था। उसकी गर्दन ज़मीन पर नहीं गिरी थी क्योंकि मांस का एक टुकड़ा कटने से रह गया था और गर्दन उसके शरीर से एक ओर लटकी रह गई।

आँगन के एक कोने में कुरतो की परोपकारी माँ के द्वारा बनाए गए खिलौने सजे रखे हुए थे। जो भी उसके बनाए रुई भरे खिलौने देखता, उनपर मुग्ध हो जाता। केवल आँखों के संतुलन पर यह मुग्धता थोड़ी पशोपेश में पड़ जाती लेकिन कुरतो की परोपकारी माँ इसे आंशिक कमी न मानकर कला के लिए उसकी अपनी दृष्टि कहती थी। वह कहती थी कि दोनों आँखें दृश्य को एक जैसा नहीं देख पाती हैं। एक आँख रंगों को पहचानती है, तो दूसरी उन रंगों का समावेश दृश्य में करती है। इस तरह वह अपने बनाए खिलौनों को देखकर खिलखिला दिया करती।

लेकिन अब वही सुंदरी मृत पड़ी थी, जिसकी गर्दन एक ओर लटकी हुई थी। कामुक स्त्री इतने आवेश में थी कि उसकी छातियाँ तेज़ साँस से फड़क रही थीं। उसने कुरतो की माँ की ख़ून से लथपथ लटकी गर्दन को, जिसकी आँखों में काजल की गहरी लकीरें गढ़ी हुई थीं, ज़ोर से अपने हाथों से खींचा और उसे बग़ल में दबाते हुए उनके घर से खिसक गई।

घर के आँगन में कच्चे फ़र्श की ढलान में बारिश का थोड़ा-सा पानी भर गया था, जिसकी परछाईं सामने दीवार पर लहरें बनाते हुए दिख रही थी।

कुरतो की परोपकारी माँ का कटा सिर लेकर दौड़ते हुए कामुक स्त्री ने झुंड में टर्राते मेंढकों से एहतियात बरती ताकि कोई मेंढक उसके पाँव तले आकर पिचक न जाए। दौड़ते हुए जब वह गली पार कर गई, तो उसने पीछे मुड़कर देखा। गली में अंधेरा ही अंधेरा था।

सिर्फ अंधेरा।

तीन मर्तबान

सयाने बुजुर्ग लोग बारिश का अंदाज़ा हवा की दशा-दिशा देखकर ही लगा लेते हैं।

जिस सड़क पर मश्रा बेहोश होकर गिरी थी, उसी सड़क पर विपरीत दिशा से आता एक भला-सा वृद्ध छड़ी पकड़े आसमान की ओर देख रहा था। उसने अपने एक हाथ को माथे पर रख अपनी आँखों को ओट दे रखी थी ताकि वह आसमान में बादलों के रंग और उमस का अनुमान लगा सके।

उसी सड़क के साथ लगता एक छोटा-सा बाग़ीचा था, जिसमें अमरूद, शहतूत और जामुन के पेड़ लगे थे। उन पेड़ों पर नन्ही गौरैया, बुलबुलें और घुग्गियाँ अपने मधुर गीतों के साथ शांत, बेख़ौफ़ और संतुष्टि भरे दिन गुज़ार रही थीं। बाग़ीचे का कोना-कोना असीम प्रेम की छाया में डूबा था। यह बाग़ीचा ख़ासतौर पर राहगीरों और ज़रूरतमंदों के लिए था ताकि वे इन पेड़ों से फल तोड़कर उनसे अपनी भूख कुछ शांत कर तरोताज़ा महसूस कर सकें। यूँ ऐसा भी नहीं था कि राहगीरों और ज़रूरतमंदों के अलावा वहाँ किसी को आने और फल खाने की मनाही थी। वहाँ तैनात चौकीदार ख़ुद वहाँ आए लोगों से पूछकर उन्हें बहुत प्रेम और सदिच्छा से फल तोड़कर देता।

यह उस बाग़ीचे का नियम था। यह भूख और भूख के प्रति सद्भावना का नियम था। नियम से कुछ अतिरिक्त था, तो उस

चौकीदार का वहाँ आए लोगों के लिए असीम स्नेह। प्रेम की जिस पूँजी से उस चौकीदार का हृदय, आँखें, आवाज़ और व्यवहार भरा हुआ था, वही वह सब पर लुटा देता और ख़ुद को जीवन के बाक़ी बचे दिनों के लिए मुक्त और हल्का रखता। उस बाग़ीचे के बीचोबीच पानी का एक फव्वारा था, जिसके चारों ओर गोल सीढ़ियाँ बनी हुई थीं। कुछ बतख़ परिवार भी वहाँ रहते थे। राहगीरों के लिए यह फव्वारा और बतख़ परिवार ख़ासतौर पर आकर्षण का केंद्र थे।

सड़क के बिलकुल साथ लगने के बावजूद यह बाग़ीचा घने एकांत का एहसास देता था, जैसे यह आगे जाकर एक घने जंगल से मिल जाता हो।

उसी सड़क पर मश्रा चली आ रही थी लेकिन दरअसल वह सड़क उसके घर की ओर जाती ही नहीं थी। घोर तनाव और आंतरिक कशमकश में वह अनजाने ही उस सड़क की ओर मुड़ आई थी। जिस दिशा से मश्रा आ रही थी, उसी तरफ़ से तीन स्त्रियाँ अपने हाथों में काँच के मर्तबान उठाए चली आ रही थीं। उनके हाथों में जो मर्तबान थे, उनमें से एक में सिरके वाले खीरे, दूसरे में चुकंदर के पानी में डूबे मशरूम और तीसरे में राई-नमक घुले पानी में गोल लाल मिर्च थीं।

वे स्त्रियाँ आपस में बतियाती आ रही थीं। इनमें एक स्त्री चुपचाप बीच में चल रही थी और बाक़ी दो लगभग चीखते हुए तीसरी स्त्री पर आगबबूला हो रही थीं। उन लोगों का जाने क्या ही मसला था लेकिन वे तीनों उस मसले में पूरी तरह उलझी दिखाई दे रही थीं।

विपरीत दिशा से आते हुए बुज़ुर्ग ने अब तक बारिश का अनुमान लगा लिया था और उसका अनुमान था कि उसे अपने घर तक

पहुँचने में लगभग दो सौ क़दम चलने हैं, जिसमें उसे अंदाज़न सैंतीस मिनट लगेंगे। बारिश तब तक आ जाएगी।

वृद्ध को मौसम के साथ अपने हिसाब-किताब पर पूरा भरोसा था और वह बारिश के समय अपनी पसंदीदा मुलेठी और गुड़हल के फूलों वाली चाय के बारे में सोचते हुए छड़ी के सहारे घर की ओर लौट रहा था। जबकि मश्रा की दिशा से आ रही वे तीन स्त्रियाँ टेढ़ी-मेढ़ी चाल में अपने-अपने मर्तबानों को संभालते हुए आ रही थीं। जाने किस तबाह कर देने वाली बात ने उनकी बहस का पारा आसमान तक पहुँचा दिया और वे वहीं रुककर आपस में एक-दूसरे को सिर झटककर दुत्कारने लगीं।

सड़क से लगते बाग़ीचे में बतख़ परिवार के सामने अचानक आए एक साँप के कारण उनके बच्चे सहम गए कि चौकीदार ने साँप की पूँछ पकड़कर उसे बाग़ीचे से दूर सड़क पर छोड़ दिया। उसने साँप को कोई चोट नहीं पहुँचाई।

चोट पहुँचाना भी एक कुटिल क़िस्म की कायरता है। एक भय है, जो यह विचार गढ़ता है कि अपनी कायरता दूसरे को चोट पहुँचाने से ढकी जा सकती है।

एक ओर से बारिश का अनुमान लगाकर आता हुआ भला-सा वृद्ध, तो दूसरी ओर से आती तीन झगड़ालू स्त्रियाँ और सड़क के साथ लगते बाग़ीचे की ओर से आता साँप, यह तीनों उसी दिशा की तरफ़ बढ़ रहे थे जहाँ मश्रा बेहोश होकर गिर पड़ी थी। साँप बेहोश पड़ी मश्रा के उदर के ऊपर से होकर चुपचाप सड़क के किनारे होता हुआ दूर जा रहा था। उसे जाते हुए वृद्ध ने देखा। वह घबरा गया। उसकी नज़र सड़क पर बेहोश पड़ी मश्रा पर गई, तो वह सिटपिटा गया और मदद के लिए अगल-बगल झाँकने लगा।

उसकी नज़र सामने से आती तीन स्त्रियों पर पड़ी, जो आपसी लड़ाई-झगड़े के कारण अपने आस-पास कुछ देख ही नहीं रही थीं। इतना ही नहीं, वे झगड़ा करते हुए इतनी उत्तेजित हो रही थीं कि उनके हाथों में जो मर्तबान थे उनमें से सिरका, चुकन्दर का पानी और राई-नामक का घोल छलक रहा था। इस तक की ख़बर उन तीनों में से किसी को नहीं थी लेकिन जैसे ही वे मश्रा के थोड़ा क़रीब आईं, तो धीरे-धीरे उनका चिल्लाना मंद पड़ते हुए थम गया और वे डर से एक-दूसरे को देखने लगीं।

उन्होंने अपने-अपने मर्तबान सड़क पर ही रख दिए और मश्रा के शरीर का मुआयना करने लगीं कि कहीं उसे कोई चोट तो नहीं आई है। उन्हें चोट तो कोई नहीं दिखाई दी लेकिन मश्रा के कपड़ों पर जगह-जगह ख़ून के धब्बे ज़रूर दिखाई दिए। वह वृद्ध भी अब पास आकर बेहोश लड़की को देखने लगा।

बेहोश मश्रा के आस-पास फुसफुसाहट का वातावरण बन गया और उस फुसफुसाहट का नतीजा यह निकला कि उन्होंने तय किया कि उनके पास पानी तो है नहीं इसलिए वे उस बेहोश लड़की को चुकन्दर का पानी पिलाकर होश में लाने की कोशिश करेंगी। अपने दुपट्टे को मर्तबान में डुबोकर एक स्त्री ने पानी की कुछ बूंदे मश्रा के मुँह में डालीं। चुकन्दर के खारे-मीठे स्वाद से मश्रा होश में आ गई और उठते ही तिलमिलाती हुई सड़क पर उसी दिशा की और दौड़ पड़ी, जिस दिशा में वह पहले जा रही थी।

तीनों स्त्रियों ने उसे रुकने के लिए आवाज़ दी लेकिन यह बेकार था। वृद्ध चुपचाप खड़ा यह सब देख रहा था। उसे अंदाज़ा ही नहीं हुआ कि सैंतीस मिनट हो चुके हैं। बारिश शुरू हो चुकी थी। तीनों स्त्रियाँ खड़ी थीं और दौड़ती हुई हिरनी-सी मश्रा को दुविधा में

निहार रही थीं। बारिश घनी होती जा रही थी। वृद्ध बारिश में खड़ा लड़की के लिए दुआ मांग रहा था।

बारिश में भीगते सिरके वाले खीरे, चुकंदर के पानी में डूबे मशरूम और राई-नमक घुले पानी में गोल लाल मिर्च के तीनों मर्तबान ऐसे लग रहे थे, जैसे जीवन के सारे रंग और स्वाद इनमें घुले हों।

दुखी लड़की इनसे दूर भला कैसे भाग सकती है?

संकरी पगडंडी की तलाश

कुरतो उठो, मेरे साथ चलो।

यह एक ऐसी आवाज़ थी, जिसकी निर्मिति किसी के गहरे दर्द के सूखे-उजड़े पत्तों के हवा में उड़ने से हुई हो। एक ऐसी आवाज़, जो चोट खाकर प्रार्थना में नज़रें झुकाकर ईश्वर के सामने बैठी हो। एक ऐसी आवाज़, जिसने त्याग दिए जाने के बाद की अवस्था को ऐसे ग्रहण किया हो, जैसे कोई भिक्षु भिक्षा पात्र को खाली लौटाया गया ही अपना लेता है।

यह आवाज़ कुरतो को इस तरह सुनाई दे रही थी, जैसे इसकी कई प्रतिध्वनियाँ हों, जिनकी गति इतनी धीमी हो कि वे ध्वनियाँ हवा में बुलबुलों की तरह तैर रही हों। हवा में ढेर सारे बुलबुले कुरतो के सिर पर तैरते।

कोई आवाज़ अगर ज़मीन की सतह से बोल पाती, तो हवा में उड़ते बुलबुलों के साथ ज़रूर संवाद का एक रिश्ता बनाने की कोशिश करती लेकिन ऐसा नहीं था।

उठो कुरतो।

आवाज़ ने फिर कुरतो की ओर एक पुकार को उछाला। इस बार पुकार कुरतो की किसी पुरानी स्मृति से टकराकर चकनाचूर हो गई और कुरतो को ऐसा महसूस हुआ जैसे वह कई सीढ़ियों से नीचे लुढ़क आया है। चोटिल और कराहता हुआ। उसकी आँख खुली,

तो उसने देखा कि यह एक बूढ़ा है, जो कुरतो की ओर ऐसे देख रहा है जैसे कह रहा है - अब उठो भी, तुमने ही तो मुझे बुलाया था। मैं ही हूँ इस ब्रह्मांड में तुम्हारा अपना देवता।

पानी उबलने की ध्वनि जो कुरतो के बेहोश होने से पहले एक विस्फ़ोट बन गई थी अब दृश्य में कहीं नहीं थी, जैसे यह केवल कुरतो का ध्यान भटकाने के लिए दृश्य में उभरी हो।

कुछ ध्वनियाँ अंत तक इंसान का पीछा करती हैं और कुछ बीच राह साथ छोड़ जाती हैं। दोनों में फ़र्क़ यह नहीं कि ध्वनियाँ ऐसा विचार गढ़ती हैं बल्कि फ़र्क़ यह है कि मनुष्य एक चतुर क़िस्म का प्राणी है और अपने लिए ध्वनियाँ तक सोच-समझ कर इकट्ठी कर लेता है और फिर उनका आदी हो जाता है। उसका नाम पुकारा जाना उसकी बेहोशी और चेतना के बीच का अलार्म था। अलार्म बजा, तो उसकी बेहोशी जैसी नींद में ख़लल आ गया।

कुरतो उठो, हमें एक संकरी पगडंडी साँझ ढलने से पहले खोज लेनी है। अगर हम ऐसा न कर पाए, तो मैं तुम्हारे प्रश्नों के उत्तर नहीं दे पाऊँगा।

एक तरफ़ वह बूढ़ा, जो उसका देवता था उसे अपने साथ पगडंडी ढूंढ़ने के लिए ले जाने को आतुर था और दूसरी तरफ़ कुरतो ने देखा कि उसके मालिक का मृत शरीर पूरी तरह से नुचा हुआ, ततैयों द्वारा खाया हुआ उस विशाल वृक्ष के नीचे पड़ा है, जिसे अपशकुन माना जाता था। ततैयों ने उसके मालिक को इस तरह खा लिया था जैसे वह स्वादिष्ट गोश्त हो और लंबे समय बाद ततैयों ने यह दिन पाया हो।

इस दृश्य की भयावहता का अंत दूर तक नहीं था और ततैयों के लिए यह उत्सवी उन्माद था।

वृक्ष की चुप्पी गाढ़े मौन में बदल रही थी और ऐसे चुभ रही थी, जैसे यह कुरतो के दिमाग़ को छलनी-छलनी कर रही हो।

मौन भी अपने-आप में एक ऐसा दस्तावेज़ है, जो कई भटकावों को ख़ुद में समेट कर किसी नई निर्मित रूपरेखा को सामने लाकर पटक देता है।

वह फिर डर गया लेकिन अब डर में उसका अपना देवता उसके साथ था।

- तुम मुझे ठीक से पहचान लो। इस ब्रह्मांड में कुरतो के अपने देवता ने कहा।
- पहचान करना संकरी पगडंडी पर चलने का एक ज़रूरी नियम है। अगर तुमने ठीक से मेरी पहचान न की, तो मेरी पहचान का संकट बार-बार तुम्हारे सामने आएगा।

कुरतो भय और मरुआना का जादुई धुआँ शरीर में घुस जाने के कारण उठ नहीं पा रहा था लेकिन फिर भी ख़ुद को घसीटता हुआ अपने देवता की कई पुकारों के जवाब में वह ख़ुद को उठा पाने के योग्य हो गया।

उसने देखा उसका देवता एक साधारण बूढ़े की तरह दिखाई दे रहा है। वह साधारण कुर्ता-पायजामा पहने हुए है और उसकी त्वचा साधारण मनुष्यों की ही तरह है। उसकी कलाइयों में साधारण इंसानों जैसी ही नसें थीं। सब कुछ साधारण लेकिन उसकी आवाज़ साधारण नहीं थी। उसने ऐसा अंदाज़ा लगाया था कि उसका देवता देखने में सिल्क और ज़री के कपड़ों से सजा-धजा, एक हाथ में सुदर्शन चक्र और दूसरे में कमल-पुष्प लिए पारंपरिक देवताओं की अगुआई करता हुआ होगा लेकिन ऐसा नहीं था।

कुरतो ने किसी तरह ख़ुद को अपने देवता के साथ चलने के लिए तैयार किया। इस समय उसके दिमाग़ में नींद के साथ कई चेहरे घूम रहे थे। कई वजहों से छूट गए रिश्ते उसके सामने बार-बार आ रहे थे। कुरतो ने अपने देवता के साथ संकरी पगडंडी की खोज की ओर बढ़ने से पहले एक बार फिर अपने मृत मालिक की ओर देखा। वह एक विकृत आकृति के सिवा कुछ नहीं दिख रहा था। फिर उसने उस प्राचीन वृक्ष की ओर देखा। उसकी जटाओं में बने अनगिनत छत्तों में ततैये ऐसे सो रहे थे, जैसे उन्हें रोशनी और जाग की रत्ती भर परवाह नहीं।

वे दोनों उस जगह से चल दिए। बूढ़ा देवता आगे और कुरतो थका-सा उसके पीछे चल रहा था। यह नीले आईने के भीतर की दुनिया थी और उन दोनों को संकरी पगडंडी की तलाश में शहर से बहुत दूर जाना था। वे प्राचीन पेड़, कुरतो के मृत मालिक और उसके मरुआना के देवता को उसी राह छोड़कर और भी कई रास्ते छोड़ते हुए चले जा रहे थे। रात के अंधेरे में ठरकी बूढ़ों के अड्डे शांत थे। वे तारे जिन पर दिन की रोशनी में सुरमई कौवे बैठा करते, सन्नाटे में थे और फल बेचती स्त्री, जो फलों की क़ीमत पोशाकों को कतर कर वसूल रही थी, वे सब धीरे-धीरे पीछे छूट रहे थे।

मकानों, गलियों को पार करते समय कुरतो ने महसूस किया कि यहाँ रात इस हद तक ख़ामोश थी कि स्त्रियों के पंछियों और जानवरों की केशसज्जा वाले सिर जब भी हवा में लहराते, तो वातावरण में सुरीली घंटियाँ बजती सुनाई देतीं। वे ये सब छोड़कर चलते जा रहे थे। गहराती रात उन्हें मैदान पार करते देख रही थी। चाँद जम्हाई लेता हुआ एक नज़र उन दो राहगीरों को देख करवट बदलकर सो गया। उसकी रोशनी मुलायम, और मुलायम होती जा

रही थी। तारे खिलंदड़ बच्चों की तरह लुका-छिपी का खेल खेल रहे थे।

शहर के आख़िरी मकान में रहने वाली एक सुंदर, उदास और अपने नशेड़ी पति से दुखी युवती उन दोनों को जाते हुए अपनी बालकनी से देख रही थी। उसके सिर पर एक छोटी-सी चिड़िया की केशसज्जा थी। वह उन्हें तब तक देखती रही, जब तक वे धब्बों में नहीं बदल गए।

कठपुतली, तितली और तालाब

बारिश ने सब कुछ धुँधला कर दिया था। मश्रा को रास्ता साफ़ नहीं दिखाई दे रहा था। उन तीन झगड़ालू स्त्रियों को मश्रा नहीं बल्कि सिर्फ़ उसकी पोशाक के कुछ हिस्से दिखाई दे रहे थे और भले वृद्ध को कुछ देखने की इच्छा ही नहीं हो रही थी, तो वह सड़क की ओर देख रहा था। सड़क पर बारिश का पानी भरने लगा था और बारिश की आवाज़ को हर कोई अपने तरीक़े से सुन रहा था।

दौड़ते हुए मश्रा जब अपनी उम्मीद से बहुत आगे निकल आई, तो उसने उड़ते हुए मन से पीछे देखा। यह एक सरसरी नज़र थी उस जगह को देखने की, जहाँ थोड़ी देर पहले वह बेहोश होकर गिर पड़ी थी।

काँच के तीनों मर्तबान अब भी सड़क पर रखे हुए थे। जीभ के स्वाद से भरे और आँखों के लिए इंद्रधनुष से मोहक।

भला वृद्ध बहुत देर तक सड़क को देखने की वजह से थक गया था और अपनी छड़ी लिए अब उस दिशा की तरफ़ देखने लगा, जहाँ मश्रा दौड़ गई थी। बारिश तेज़ हवाओं के साथ नृत्य कर रही थी। मश्रा की आँखों में आँसू आ गए। उसके होंठ गहरी वेदना में थरथरा रहे थे। बारिश थी कि तेज़, और तेज़ होती जा रही थी और मश्रा भटके हुए रास्ते पर थोड़ी और गुम होती जा रही थी।

उसके अन्तर्मन पर कब्ज़ा किए कठपुतली फिर उसके सामने आ खड़ी हुई। हँसती, ताली पीटती तो कभी घूरकर वह उसे डरा रही

थी। हँसते हुए वह कठपुतली मश्रा के सामने आसमानी-पीले पँखों वाली बिलकुल वैसी ही तितली नचाने लगी, जो पादरी के साथ संसर्ग के दौरान रेशमी चिथड़ों में बदल गई थी। तितली को नचाते-नचाते कठपुतली ने उसके पंख नोच डाले और उन्हें क्रोध से मश्रा की ओर उड़ा दिया। मश्रा ज़ोर-ज़ोर से चीखते हुए रोने लगी।

वह किसी भी तरह अपने अन्तर्मन को इस कृत्य से मुक्त करना चाहती थी लेकिन ऐसा कर पाने में उसकी एक नहीं चल पा रही थी। आख़िरकार थककर उसने दौड़ना बंद कर दिया और धीमे-धीमे क़दमों से चलने लगी। वह सोच रही थी कि किसी कमज़ोर पल का एक फ़ैसला ज़िंदगी को किस तरह बदल देता है और उससे भी ज़्यादा दुख यह है कि यह किसी जानलेवा रोग की तरह मन के कोने-कोने को गलाने लगता है। इस रोग से छुटकारा असंभव है।

वह कठपुतली थी कि नाच-नाचकर मश्रा के भीतर के द्वन्द्व को बढ़ाती जा रही थी और मश्रा उत्तेजित होने के बजाय अब धीरे-धीरे शांत होती जा रही थी। लेकिन यह शांति वह शांति नहीं थी, जो मन को सुकून देती है बल्कि यह ऐसी शांति थी, जो अंदर ही अंदर भावनाओं के उफनते सागर में ख़ुद की कठोर परीक्षा लेती है।

बारिश में चलते-चलते उसका शरीर सुन्न होता जा रहा था। बूंदें काँटों की तरह चुभने लगी थीं। आँखें लाल हो गई थीं और कपड़े पूरी तरह से उसके शरीर से चिपक गए थे।

वेदना की पराकाष्ठा काँच पर नंगे पाँव चलने जैसी ही तो होती है। वेदनाओं का कोई साझीदार नहीं होता, केवल दर्शक होते हैं, अच्छे या बुरे।

उसने अपने पैरों में जो मोजड़ियाँ पहनी हुई थीं वे बारिश में लगभग गल चुकी थीं, जिन्हें घसीटते हुए वह अपना शरीर भी घसीट रही

थी। केवल मन ही था, जो गहरी वेदना के घेरे से टस से मस भी नहीं हो पा रहा था। वह नहीं जानती थी कि किस रास्ते जा रही है, क्यों चली जा रही है और आख़िर कब तक चलती जाएगी लेकिन उसे अब ऐसा महसूस हो रहा था जैसे आसमानी-पीले पँखों वाली वह तितली उड़ते हुए उसे अपने पीछे चले आने का संकेत कर रही है।

तितली के संकेत उसी की तरह हल्के और कोमल थे। वह कभी दाईं ओर लहराती है, तो कभी बाईं ओर। मश्रा उसके पीछे-पीछे ऐसे चली जा रही थी, जैसे वह यह जान पा रही हो कि यह चिथड़े-चिथड़े हुई तितली का अन्तर्मन है।

एक होता है देखना और एक होता है भीतर से देखना, बेशक आँखें खुली हों। मश्रा उसी पारदर्शी दृष्टि से तितली की लहराती चाल का पीछा कर रही थी।

मश्रा नहीं जानती थी कि वह कहाँ जा रही है लेकिन तितली जानती थी कि वह किस ओर उड़ रही है।

बारिश अब भी बरस रही थी और ऐसा लग रहा था, जैसे अभी थमने का इसका कोई इरादा है भी नहीं।

तितली एक तालाब के किनारे पहुँचकर रुक गई, जैसे हवा और बारिश में कोई एक क्षण ऐसा आया हो, जिसने तितली को वहाँ टाँग दिया हो। एकदम स्थिर। पंख फैलाए। उसी तरह जैसे पादरी ने उसे मश्रा की आँख पर रखा था। न ग़मगीन, न हर्षित। केवल मृत।

मृत शरीर भी श्रद्धा-पात्र होता है लेकिन पादरी और मश्रा के मध्य जो एक पल ठहर गया था उसने मृत तितली के पँखों पर जमा हुई सारी स्मृतियाँ कुरेद डाली थीं।

तालाब के किनारे पहुँचने पर तितली गायब हो गई। उसका कोई नामोनिशान तक वहाँ दिखाई नहीं दे रहा था लेकिन मश्रा ने अब भी अपना चलना नहीं रोका। वह तालाब के किनारे से पानी में उतरने लगी। उतरती गई, डूबने लगी और पूरी डूब गई।

बारिश थमने का नाम ही नहीं ले रही थी। बहुत पीछे छूट चुकी तीन स्त्रियाँ अब भी लड़ती जा रही थीं। उनके मर्तबानों से सिरका, चुकन्दर का पानी और राई-नमक का घोल छलकता जा रहा था, जिसकी उन तीनों को ही कोई ख़ास परवाह नहीं थी। उनकी लड़ाई के मसले की जड़ें शायद बहुत गहरी थीं। भला-सा वृद्ध बारिश के लिए लगाए अपने अनुमान को लेकर एक निश्चिंतता में अपने घर बैठा गुड़हल के फूलों और मुलेठी की चाय पी रहा था।

अगली सुबह तालाब के किनारे कुछ बच्चियाँ अपनी माँओं के साथ आईं। माएँ झुंड में मिलकर कपड़े धो रही थीं और बच्चियाँ किनारे बैठकर घर-घर खेल रही थीं। उनमें से एक की नज़र तालाब किनारे पड़ी एक सुंदर कठपुतली पर पड़ी। बच्ची चुपचाप सबसे नज़र बचाती हुई तालाब किनारे जा पहुँची और कठपुतली को अचम्भे से निहारने लगी। उसने नज़र घुमाई। मुआयना किया कि कोई उसे देख तो नहीं रहा। जब तसल्ली हो गई कि वाक़ई उसे कोई नहीं देख रहा, तो उसने उस कठपुतली को उठा लिया।

कठपुतली अपनी स्थिर आँखों से बच्ची को देख रही थी और बच्ची उसे पाकर ख़ुशी से चिड़ियों की तरह चहकने लगी।

तितली की तीसरी मौत

मश्रा के जाने के बाद कमरे में केवल पादरी ही नहीं था बल्कि उस एक पल की अनुपस्थिति की उपस्थिति भी थी, जो प्रेत बनकर उस कमरे की दीवारों पर लटक गई थी।

वह देर तक बिस्तर पर बैठा रहा। उसे देखता रहा। उसकी सिलवटों में अब भी तितली के रेशमी चिथड़ों के महीन धागे मन में किसी गुप्त बात की तरह छुपे हुए थे, जिन्हें निकालना इतना आसान नहीं था।

जो चीज़ें अपनी जड़ बना चुकी हों, उन्हें उखाड़ फेंकने के बाद भी एक निशानदेही उनके होने को कभी मिटने नहीं देती।

पादरी दरअसल ख़ुद को चतुराई से इस घटना के असर से बाहर ले जाना चाहता था। वह संसर्ग एक पादरी की नहीं बल्कि एक पुरुष मन की चाह थी। वही चाह, जो मश्रा की समीपता और सहमति पाते ही वासना की लार टपकाने लगी थी। उसी बिस्तर पर बैठे हुए पादरी ने अपनी आँखें बंद कीं और उस घटित हुए दृश्य के समय को उल्टा कर सोचने लगा।

सब पीछे लौट रहे थे। मश्रा और पादरी लंबी गैलरी और सीढ़ियाँ उल्टे पाँव लौटते हुए पहले अनुष्ठान वाले कमरे की तरफ़ उसी तरह पहुँचे, जिस तरह वे वहाँ से आए थे। फिर मश्रा उल्टे पाँव चलते हुए ही उस इमारत से बाहर लौट गई और पादरी उस बड़े कमरे में अनुष्ठान की क्रिया में लौट गया। सारा दृश्य प्रतिलोम में

चल रहा था, जैसे किसी फ़िल्म के दृश्य को दोबारा देखने की जुगत में उसे रिवर्स मोड में लगा दिया जाता है।

पादरी यह दृश्य बना रहा था। दरअसल यह वही खेल था, जिसका ज़िक्र थोड़ी देर पहले उसने मश्रा से किया था- भूलने का खेल। वह इससे भी पीछे लौटने का दृश्य बनाना चाहता था लेकिन क्योंकि यह भूलने का खेल उसी का रचा था और पादरी को उतना ही भूलना था, जितना वह भूलना चाहता था। वह लगातार ख़ुद को ऐसे संदेश दे रहा था कि जो हुआ, दरअसल वह हुआ ही नहीं था। उसका शरीर पसीने से भीग रहा था और वह अपने दिमाग़ को केवल एक झूठा संदेश देने के लिए जी तोड़ मेहनत कर रहा था।

वह लगातार दृश्य में दृश्य की कल्पना कर रहा था। एक ही दृश्य कि जो घटित हुआ दरअसल वह कभी घटित हुआ ही नहीं। उसे भूलने के खेल पर पूरा यक़ीन था। उसे यह भी यक़ीन था कि उस अनुपस्थिति की उपस्थिति का प्रेत भी दरअसल कोई प्रेत नहीं है, वह केवल उसका एक भ्रम है और वह उस प्रेत को अपनी सोच से मिटा देने के लिए अंदर ही अंदर ख़ुद से भिड़ रहा था।

भूलने के खेल के लिए उसे अपने आस-पास एक नाटक रचना था। झूठ का नाटक। भीतर से आती सच्ची आवाज़ों को नज़रअंदाज़ करने का नाटक। ग्लानि को पहचान कर उससे नज़रें चुरा लेने का नाटक और सबसे बड़ा नाटक इस बात का कि इतने वर्षों उसने यीशु की आँखों में कोई करुणा, कोई सत्य, मनुष्यता और उससे ऊपर किसी भव्यता को नहीं देखा।

उसने यह नाटक रचना शुरू कर दिया। वह ख़ुद से ऊल-जुलूल बेसिर-पैर की बातें करने लगा। दीवारों को भाषण देने लगा और कमरे में गोल-गोल घूमकर हाथ ऊँचे कर प्रार्थना करने लगा। शाम

ढलने लगी थी और यह उस इमारत को बंद करने का समय था। पादरी अब भी अपने आराम करने के कमरे में था।

इमारत की देखभाल करने वाला सात कर्मचारियों का समूह इस बात को लेकर थोड़ा प्रश्नांकित था कि पादरी आज देर तक अपने कमरे में ही है। इतना ही नहीं, बीच-बीच में पादरी की आवाज़ बाहर तक सुनाई दे रही थी। वह ऊँची आवाज़ में यीशु से प्रार्थना कर रहा था।

वहाँ मौजूद कर्मचारियों को कुछ अजीब होने की आशंका हो रही थी। वे हिचकिचाते हुए एक-दूसरे को देख रहे थे कि उनमें से कोई यह बोले कि क्यों न कमरे में जाकर पादरी को देखा जाए लेकिन सभी इस बात को लेकर हिचक रहे थे। कोई कुछ नहीं बोल रहा था। जैसे-जैसे पादरी की आवाज़ उनके कानों में दस्तक देती, वे एक-दूसरे के थोड़ा पास आ जाते, जैसे वे पादरी की ऊँची आवाज़ में की जा रही प्रार्थना से भयभीत हो रहे हों।

इमारत के बिलकुल ऊपर आधा चाँद नज़र आने लगा था और सड़क पर लोगों की चहलक़दमी भी कम होने लगी थी। उस इमारत के पास रहने वाले कुत्ते वहाँ जुटने लगे थे क्योंकि अंधेरा होते ही इमारत के कर्मचारी रोज़ उन्हें दूध में डूबे ब्रेड खाने को दिया करते थे। वे अपने खाने का इंतज़ार कर रहे थे और कर्मचारी यह सोच रहे थे कि पादरी के कमरे में कौन जाकर देखे कि आख़िर यह हो क्या रहा है।

बीच में ऐसा समय आया कि पादरी के कमरे से बहुत देर तक कोई आवाज़ नहीं आई बल्कि एक मामूली-सी भी आवाज़ ने उस दिशा से अपनी नन्ही-सी झलक भी नहीं दिखलाई। इस बात से इमारत के कर्मचारियों को कमरे में कुछ अनपेक्षित होने की आशंका होने

लगी। उन्होंने तय किया कि वे सब एक साथ पादरी के कमरे में जाएंगे और जैसे ही वे पादरी के कमरे के बाहर पहुँचे, तो उन्होंने देखा कि कमरा खुला है। वे यह सोच कर वहीं रुक गए कि शायद पादरी ने कमरे से बाहर आने के लिए ही इसे खोला है।

कमरे का दरवाज़ा अचानक ज़ोर से खुल गया और इमारत के सभी कर्मचारी यह देखकर भौचक्के रह गए कि पादरी सीधा नहीं बल्कि उल्टा चल रहा है। पादरी तेज़ गति से बिना पीछे देखे उल्टा चलता जा रहा था, जैसे चल नहीं रहा बल्कि उड़ रहा है। उसके हाथ में वही रुमाल था, जिसमें उसने तितली के रेशमी चिथड़े समेट लिए थे। उसने रुमाल इस तरह संभाला हुआ था, जैसे यह उसकी क़ीमती अमानत हो।

इमारत के कर्मचारियों के लिए पादरी का ऐसा करना समझ से परे तो था ही बल्कि लज्जाजनक भी था। वे पादरी के पीछे-पीछे चल दिए। उन्होंने उसे रोकना भी चाहा लेकिन पादरी भला कैसे रुकता? यह सब जो वह कर रहा था, यह उसी का सोचा गया एक नाटक था। भूलने के खेल को पूरी तरह से महसूसना उसका मक़सद था। उसके लिए यह बहुत ज़रूरी था।

पादरी उल्टा चलता ही जा रहा था। जिस-जिस जगह से होता हुआ वह शाम को अपने आराम करने के कमरे में गया था, उन्हीं जगहों से होते हुए वह बाहर जा रहा था। उसका चेहरा पीला ज़र्द हो गया था लेकिन वह उल्टा चलते हुए सड़क की ओर जाने लगा। जैसे ही वह इमारत का गेट पार करने लगा, कर्मचारी उसे रोकने ले लिए गेट की तरफ़ दौड़े।

पादरी नहीं रुकना चाहता था, सो वह नहीं रुका और एक तेज़ गति वाले वाहन की चपेट में आ गया।

कर्मचारी, जो पादरी और गेट की तरफ़ दौड़ रहे थे अचानक रुक गए।

पादरी के शरीर का निचला हिस्सा तेज़ वाहन के पहियों से कुचला जा चुका था। उसे तड़पता देख कर्मचारी उसकी तरफ़ दौड़े, उसे उठाने की कोशिश की लेकिन उसकी हालत ऐसी नहीं थी कि उसे उठाया जा सके और कुछ ही मिनटों में वह मर गया।

कर्मचारी पादरी के कुछ मिनटों पहले के व्यवहार को समझ नहीं पा रहे थे। वे दुखी थे और हैरान भी कि यह अचानक कुछ ही देर में क्या से क्या हो गया।

पादरी के हाथ में जो रुमाल था वह उसके हाथ से छूटकर सड़क पर ही गिर गया था, जिसे एक बिल्ली ने पहले अपने पंजों से टटोला और आख़िर में रुमाल को पंजों से फाड़कर उसने तितली के रेशमी चिथड़ों को निगल लिया।

यह आसमानी-पीले पंखों वाली सुंदर तितली की तीसरी मौत थी।

धब्बे और धुआँ

वह उन्हें तब तक देखती रही, जब तक वे धब्बों में नहीं बदल गए।

दो धब्बे, हवा में झूलते हुए।

उसने अपनी पलकें दो-चार बार ही झपकी होंगी कि वे दो धब्बे आँखों से ओझल हो गए।

शहर के आख़िरी मकान में रहने वाली सुंदर लेकिन अपने नशेड़ी पति से परेशान युवती धब्बों के ओझल हो जाने के बाद बालकनी से चली गई।

अपने देवता के पीछे-पीछे चलता हुआ कुरतो अचानक रुक गया। उसने महसूस किया कि कोई नन्हा कीड़ा उसके कान के पास रेंग रहा है। उसने एक चपत उसी जगह लगाई और कीड़े को बिना देखे ही अपने कान पर से झाड़ दिया। कीड़ा चकरा कर नीचे गिरा, तो उसने जाते हुए कुरतो को बिना देखे ही अपना रास्ता बदल लिया और लड़खड़ाता हुआ दूसरी दिशा में चला गया।

अचानक कुरतो को पीछे देखने की इच्छा सताने लगी जबकि वे एक घने जंगल में प्रवेश कर चुके थे। उसने पीछे मुड़कर देखा, तो उसे जंगल की राह में से केवल एक घर दिखाई दिया जिसकी बालकनी की बत्ती जल रही थी। जल नहीं रही थी बल्कि टिमटिमा रही थी।

चलते हुए देवता के क़दम इतने नपे हुए थे कि जैसे वह हमेशा से यह जानता हो कि किस जगह कीचड़ है, किस जगह बड़े पत्थर हैं और किस जगह ज़हरीले साँप हैं। देवता जंगल के राजा की तरह चल रहा था। सीना ताने, आँखे रास्ते पर गढ़ाए और रीढ़ की हड्डी को एकदम सीध में रखकर।

अब रास्ता धीरे-धीरे संकरा होने लगा था। कुरतो ने अपने देवता से पूछा -

– क्या यही वह संकरी पगडंडी है? यह पगडंडी आख़िर जा किस ओर रही है देवता?

देवता गंभीरता से कुरतो की ओर देखने लगा लेकिन उसने कहा एक शब्द भी नहीं। बस चलता रहा चुपचाप।

वे दोनों चलते ही जा रहे थे लेकिन पगडंडी का अंत कहीं नज़र नहीं आ रहा था। उसका आख़िरी छोर कहाँ होगा, होगा भी या नहीं, कुरतो पगडंडी के दाएँ-बाएँ जिज्ञासा से देखता हुआ यही सोचता जा रहा था।

अपने देवता के पीछे चलते-चलते वह आसमान की ओर देखने लगा। स्याह बादल का एक टुकड़ा उनके साथ चल रहा था। बीच-बीच में उसमें चमकती रोशनी की लकीरें भी उन्हें दिखाई दे रही थीं।

कुरतो अपने देवता से बात करना चाहता था। दरअसल वह माहौल की गंभीरता को तोड़ना चाहता था। उसने झिझकते हुए अपनी तरफ़ से एक प्रश्न देवता की ओर उड़ा दिया -

– ऐ देवता! तुम धुएँ से सफ़ेद क्यों लग रहे हो?
– क्योंकि मैं इसी रास्ते आया हूँ। देवता बोला।

–   क्या तुम मेरी हर बात का जवाब दे पाओगे?

–   तुम्हें ऐसा जिसने भी कहा है, क्या तुम्हें लगता है सही कहा है?

–   तो तुम नहीं दोगे मेरी हर बात का जवाब?

–   हाँ, क्योंकि जो मेरा है उसका संबंध तुमसे भी है। ज़रा देखो अपने कंधे।

कुरतो के कंधे जंगल की नमी भरी ठंड से काँप रहे थे। उसने महसूस किया कि उसके कंधे इतने हल्के हो गए हैं, जैसे गुब्बारे हवा में तैरते हैं। वह गहरे आसमान की ओर देखने लगा। उसने देखा कि आसमान में कोहरे जैसा हल्का-हल्का धुआँ है और उस धुएँ में बहुत सारे सफ़ेद गुब्बारे उड़कर किसी अदृश्य गुफ़ा में गुम होते जा रहे हैं।

बहुत देर तक उस संकरी पगडंडी पर चलते-चलते कुरतो का देवता रुक गया और बोला -

–   अपना हाथ दो कुरतो।

उसने अपना हाथ देवता की ओर बढ़ा दिया लेकिन उसका हाथ इस तरह अपने देवता की ओर जा रहा था, जैसे वह कहीं बहुत दूर से आ रहा हो और उसे देवता तक पहुँचने में सदियाँ लगने वाली हों।

–   अपनी आँखें दो कुरतो।

देवता ने कुरतो के सामने अपनी दूसरी मांग रखी।

कुरतो ने अपने सिर को झटक दिया और अपने देवता की बात को मानकर अपनी आँखें देवता की ओर बढ़ा दीं।

आँखें धीरे-धीरे तैरती हुईं, झपकती हुईं देवता की तरफ़ जाने लगीं।

पगडंडी और संकरी होती जा रही थी और कुरतो ने देखा कि उसके हाथ और आँखें पगडंडी के ऊपर तैरते हुए देवता के साथ हो लिए हैं।

कुरतो रुई से कहीं ज़्यादा हल्का होता जा रहा था और उसका दिल पत्थर से भी भारी हो रहा था। उसे लगा वह सिर्फ़ थोड़ा बहुत सोच पा रहा है लेकिन शरीर कहीं खो गया है। धीरे-धीरे उसे ठीक से दिखाई देना बंद हो गया। कुरतो रुक गया और अपनी आँखों और हाथों के लिए छटपटाने लगा। इस छटपटाहट में उसने अपने देवता की उपस्थिति को सूँघ कर टटोला और उसके साथ चलने लगा। देवता बिना कुछ बोले बहुत गंभीरता के साथ सीधा चलता ही जा रहा था।

पगडंडी और भी संकरी हो गई और उनका चल पाना और भी मुश्किल हो गया।

पगडंडी पर एक जगह उसे एक धुँधली-सी स्त्री दिखाई दी। उसने उसे भी सूँघ कर टटोला, वह उसे जानी-पहचानी लगी। वह मश्रा थी, जो रास्ते के बिलकुल बीच में ऊनी टोपी, स्कार्फ़ और जैकेट लिए खड़ी थी, जिसे वह पूरे एक मौसम से कुरतो के लिए बना रही थी लेकिन कुरतो की धुँधली दृष्टि ने उसे ऐसे देखा, जैसे वह उसे कभी जानता ही नहीं था।

देवता अब भी गंभीर था। कुरतो को आगे जाने की इच्छा नहीं हो रही थी। वह सहम कर अपने देवता के पास खड़ा हो गया। इस बात के लिए उसे अपने देवता से क्रोध की आशंका थी लेकिन

कुरतो की उम्मीद से अलग देवता ने अपनी नज़रें झुका लीं और मुस्कुराने लगा। कुरतो ने इस मुस्कुराहट को भी सूँघ कर टटोल लिया और फिर से उसके पीछे चलने लगा।

पगडंडी इतनी संकरी और अंधेरी हो गई थी कि अब उन्हें सीधा चलने में परेशानी होने लगी। देवता के कहने पर वे दोनों तिरछे होकर एक-एक क़दम आगे बढ़ाने लगे। कुछ देर तिरछा चलने पर पगडंडी ऐसा आभास देने लगी, जैसे आगे अब कोई रास्ता नहीं लेकिन फिर भी देवता आगे चलता गया और कुरतो उसके पीछे ही था।

जब सांस लेना भी मुश्किल हो गया, तो देवता ने कुरतो से कहा -

–   कुरतो, अब हम एक-दूसरे से विदा लेने वाले हैं। इसके आगे जाने के लिए हमें ऐसा ही करना होगा।

यह कुरतो के लिए अविश्वसनीय था। वह सोचने लगा कि क्या अपना देवता भी कभी बीच राह में छोड़ जाता है? लेकिन देवता कुछ ही देर में धुआँ बन चुका था। पूरी तरह। वह दृश्य से अपनी उपस्थिति मिटा चुका था, जैसे कुरतो का कभी कोई अपना देवता था ही नहीं, यह केवल माया थी।

कुरतो जंगल में उस संकरी पगडंडी पर जहाँ सांस लेना भी मुश्किल हो रहा था अपने तैरते हाथों और आँखों के साथ ख़ुद को खोजता हुआ चलता जा रहा था। उसे ऐसा लगा जैसे ऊपर आसमान में कोई है, जो इस सब को कहीं दर्ज करता जा रहा है। कोई है, जो यह सब देख रहा है।

आख़िर में पगडंडी इतनी संकरी हो गई कि अब वहाँ कुरतो का सिर ही घुस सका। बाक़ी शरीर इस तरह कहीं टंग गया था, जैसे

घड़ी की सुइयाँ किसी कारण से समय के बीच में कहीं टंगी रह जाती हैं।

● ● ●

आईनों की दुकान में नीला आईना अपनी भव्यता में लहरा रहा था लेकिन यह ठीक बीचोबीच धुंधला होने लगा, जैसे मौसम में आँधी की दस्तक उभरती है। बहुत तेज़ गति से उसमें से एक चमगादड़ निकल कर आईनों की दुकान में घुस आया। वह भव्य आईना अपनी योग्यता में इतराता हुआ बीच में से चकनाचूर होकर फ़र्श पर बिखर गया।

आईने से निकलकर चमगादड़ दीवार के एक कोने में चिपक गया। उसे लग रहा था, जैसे उसे कोई घूर रहा है।

● ● ●

www.ingramcontent.com/pod-product-compliance
Lightning Source LLC
Chambersburg PA
CBHW021545150726
47990CB00006B/2412